YOUNG AGE小說鮮視界！

YA!

青春滿點！活力滿載！好看滿分！

閃靈特攻隊 2

青樹佑夜—著
綾峰欄人—圖

人物介紹

藤邑綾乃

擁有靈魂出竅能力的超能力少女，可以把意識具體化，也可以附身在別人身上。外型是個超級美少女，但也是個食量無敵的超級大胃王。

當真条威

擁有千里眼、預知能力的超能力者，是綾乃他們信任的領頭人物。在上次的超能力者大戰中，發揮了驚人的能力。

馳 翔

平凡的國三生，興趣是模型與沉浸在自己的幻想世界裡。在遇見綾乃等人之後，他的生活起了不同以往的劇變，被夥伴們誤認為是擁有念動力的超能力者。

燈山晶
翔就讀的學校的警衛，政府神秘組織『危管隊』的前成員。雖然是身材超級好的女生，舉止卻像男人一樣，也像男人一樣厲害。
伯小龍
擁有操縱『氣』能力的超能力者，他有著中國的血統和外表，說起話來也帶點異國語調，是一個天真單純的少年。
火室海人
擁有操縱『火』能力的超能力者，從小在橫濱的無國籍街長大。雖然和綾乃同年，但身材非常高，說話有點粗魯，卻很重義氣。

生島荒太
綠屋的三位開發主任之一，負責追捕由綠屋逃亡的条威等人，充滿了野心。在得知『類別零』的存在後，就想將這種能力收為己用。
天宮將
擁有瞬移力的超能力者，每秒鐘可以移動十公尺的距離，常在迅雷不及掩耳之間就把敵人擊垮。
飛鷹猛丸
擁有念動力的超能力者。因為上一次的超能力者大戰被翔所救，兩人也成了朋友，所以離開了綠屋。
春日麻耶
擁有心電感應和傳心術的超能力少女，可以改變人類的腦波，使他們看到不同的逼真幻象。外表像日本娃娃一樣清秀，但個性卻很糟。

一色冬子
擁有招喚死靈能力的超能力者，常常自己低聲唸著喃喃不明的咒語。
曉塔夜
擁有千里眼、讀心術的超能力者，個子很小，看起來像小孩子一樣，但舉止卻非常成熟。
百百路樹潤
綠屋中唯一『野生種』的念動力超能力者。似乎擁有非常大的能力，自願進入綠屋來幫助生島，但目的不明。
真翠紗耶加
翔班上的轉學生之一，是美貌僅次於綾乃的第二美少女，也和綾乃是好朋友。

目次

＊本故事內容為虛構，與實際人物、團體、場所無關。

前言

少年課的菜鳥・神近守正不知該如何是好。

因為神近長得一副現代好青年的樣子，結果老是被上司交付訊問、輔導少女的工作。

即使拜託上司把女孩子交給女警官處理，上司也會說：『面對你這種溫柔男子，女孩子比較容易鬆懈心防。』完全不理會神近的抗議。

對於有女朋友的神近來說，這種角色實在是吃力不討好；不過最近他愈來愈有經驗，也漸漸開始有了自信。

然而只有這一次，他不知道該如何是好。

因為，眼前的這名少女好像靈魂出竅似的。

在只有簡單桌椅的警局偵訊室裡，少女已經坐了兩個小時，卻始終不肯開口，只是低著頭。

無論神近和她說什麼，她都不理會。

少女的身分，只要看一看隨身物品，就會一目了然。

一個禮拜前，警方接獲報案，要找尋一名就讀於市內某國中的三年級學生。

該名學生在放學後去了補習班，就沒再回家。

少女身上仍穿著失蹤當時的水手服。

雖然一整個禮拜都穿著一樣的衣服，但是樣子看來還算乾淨，裙子上沒有皺褶，襯衫袖子與衣領也沒有明顯的髒污，連頭髮都整整齊齊的。

因為父母離異，她一直與母親同住。

少女和從事服裝雜誌編輯的母親不合，過去也曾經數次離家出走，所以大家都認為這次也是同樣的情況。

警方也不認為她是捲入了什麼事件，連搜索的工夫都省了。

少女被人發現的時間，是在今天傍晚七點，也就是離現在大約四個小時之前。

警方立刻聯絡上因公出差的母親，母親卻說要到深夜才能到署裡領回女兒。

女兒失蹤她不但照常工作，甚至還出差，這算什麼？

神近覺得自己似乎能夠體會少女離家出走的心情。

在住宅區杳無人煙的兒童公園中，除了少女之外，還發現了五名十六到十九歲的少年。

發現少女的警員說，那群人是那區出了名的不良少年，八成是對少女有什麼不良企圖，才會把她帶到公園。

可惜他們沒達成目的。

不僅如此，看到少女的整齊打扮，就知道他們鐵定連少女的一根手指頭都沒碰到。

五名不良少年個個渾身是血、失去意識的圍繞在恍神佇足的少女四周。

那名警員也表示，現場簡直像遭遇了大金剛襲擊，有的傢伙腳被壓扁，有的傢伙身體扭曲得像抹布一樣、口吐白沫；還有人痙攣，情況危急。

警員馬上叫了救護車，將少女護送至警局。

這可不是件小事啊！於是少年課警官神近被找來負責和不開口的少女談談。

『拜託妳，可不可以說說話？』

神近再次重複了這句已經說過幾十遍的話。

事實上，神近認為少女的失蹤很可疑。

這兩個星期以來，已經有七名少男和少女在市內失蹤，而且，都和這名少女一樣——『去了補習班後就沒回家』。

每個失蹤孩子都同樣面臨了家庭問題，所以上司認為，只是碰巧大家都離家出走罷了。

然而神近卻不這麼認為。

他覺得，似乎有什麼不得了的事件，即將降臨這和平的鄉下小鎮。

因此，他希望從失蹤的青少年中——眼前第一位被找到的少女身上問出點線索，期待少女能夠開口。

『發生什麼事了？妳能不能告訴我，那幾個不良少年為什麼渾身是血的倒在那裡？他們全都還昏迷不醒，所以我只能從妳這裡打聽了。』

少女幽幽地將眼神轉向神近。

這是兩人對峙兩小時以來，她首度做出的反應。

很好，看來她總算願意對我敞開心胸了。

神近心想，同時開始切入正題。

『妳已經稍微平靜下來了吧？那麼，我把我的想法說出來，如果和妳所知道的

情況接近的話，請妳點點頭，好嗎？傍晚時分，五名年輕男子向妳搭訕之後，強行把妳帶到那座公園，就在千鈞一髮的時候，某個人出現了……應該不只一個人，有好幾個人吧？而且都是練過空手道或武術的彪形大漢。於是兩幫人馬為了妳打起架來……』

『不對！』

少女開口。

『什麼？』

神近雖然希望少女開口，卻沒料到會這麼突然。

他的心頭揪了一下。

『妳說不對？什麼意思？能不能詳細告訴我呢？為什麼會發生那麼不可思議的……』

『那是我做的。』

少女微微一笑。

笑容好像在自豪著自己的勝利。

『妳做的？哈哈，怎麼可能？妳一個人打倒五名男子，這再怎麼說都……還是說，妳其實是空手道高手？不，即使是也不可能造成對方這麼嚴重的傷害，連空手道世界冠軍也不可能吧……』

『你不相信也無所謂。我啊，可是得到了強大的力量喲，強大的力量……』

少女這麼喃喃自語著，表情突然像發高燒那樣翻著白眼，全身開始顫抖。

『喂、喂！妳沒事吧？』神近連忙抓住少女肩膀。

少女充血的眼睛瞪向神近，突然尖叫：『放開我！』

就在這瞬間，神近的雙手彷彿觸電般疼痛，接著，他的身體受到不明的強大力量衝擊，背部撞上了牆壁。

『呃啊！』

神近跌坐在地上發出呻吟。

映在他眼簾的少女因驚嚇而僵立在原地，全身抖個不停，還發出淒厲的吼聲。

『喂、喂，妳……』

神近忍住背後的痛楚，爬近少女。

他喘不過氣而咳起來，說：『妳、妳還好嗎？……喂……咳！』

呼吸困難，讓他頭腦恍惚。

這時，少女突然停止尖叫，一邊流著淚，一邊微笑。

然後，她好像低聲說了句：『馳……翔……』

接著，少女的臉部變得紫紅腫脹，然後——

啪沙！

發出剖開西瓜般的聲響，爆開。

神近渾身沾上從天而降的血雨，奔出偵訊室求援。

1. 暴風雨前的寧靜

『我去上學了！』

說完，我嘴裡咬著最後一個三明治，套上制服的西裝外套。

『給我等一下，翔！』

老媽皺起眉頭。

『你出門有必要那麼慌慌張張嗎？你又沒參加社團活動……』

『對啊，你最近好奇怪喔，以前明明總是快遲到了，還在優閒地喝咖啡、看電視、翻著沒在看的報紙。』二姊說。

大學生的大姊才剛起床，沒對早餐的三明治出手，只是呆呆地盯著電視新聞。

『我有點事要去學校，和朋友約了。』我說。

這是真的，只是那個『事』是什麼事、『朋友』是怎樣的朋友，不能對家人說。一方面說來話長，再方面，恐怕話還沒說完，我已經被送進醫院去了。

『有事是什麼事？最近這幾天，每天早上都有事，放學後也很晚才回來，你是不是在進行什麼壞勾當？』

『媽，我都說別擔心了。我怎麼可能做什麼壞事？我走囉！』

我穿上鞋子奔出家門。

她們再問一些有的沒的，露出破綻就麻煩了，而且其實，『朋友』早就在玄關等我了。

看，人在那邊，只是老媽和老姊她們看不見而已。

——可以走了嗎，翔？——

綾乃露出透明的笑容問。

是的，就是字面上看到的『透明』。

藤邑綾乃，轉到我班上的超能力少女，擁有『靈魂出竅』的能力。

綾乃半透明的靈體身上，穿著水手服。

一個月前剛認識時，綾乃只要靈魂一出竅，就是裸體的樣子，所以她很討厭將出竅的靈體『實體化』。

不過最近她的能力提升，似乎練了不少技巧。

像現在這樣，凝聚出穿衣狀態的『實體靈體』，正是其中之一；其他還有將靈

體附上人類之外的動物身上等等。

（沒事的，走吧，綾乃。）

我沒出聲，只是輕輕對綾乃點頭，告訴她我的想法。

像這樣，靈體不用附身，光用想的就能以『傳心術』對話，也是綾乃最近練成的能力之一。

——嗯，大家正在外頭等。——

所謂的『大家』，就是和綾乃一起從神秘的超能力者培訓機關『綠屋』逃出來的超能力者們。

『我走了！』

我轉頭回看家裡，對著從飯廳探出頭的老媽和姊姊們揮手，打開玄關門。

跑下短短的水泥階梯，我來到夥伴們身邊。

『那孩子怪怪的。』

翔的母親、馳久美子說著，夾起兒子吃剩的洋蔥沙拉，吃了一口，剩下的全放進流理台的三角籃裡。

『一個月前他還那麼討厭去上學，每天早上都拖拖拉拉的，怎麼最近變成這樣？我還以為只是一時轉性了，可是看起來，他好像真的喜歡去學校。』

『媽，這樣不是很好嗎？』大姊鈴繪說。

看來她終於醒了，現在才伸手拿起三明治。

『我覺得很擔心耶。』二姊華繪說：『翔那傢伙明年不是要考高中了？只剩下一年了，搞不好他高中也會全數落榜咧！』

『別擔心，華繪，我會當他的家教，暑假開始就要狠狠盯他了，絕對要讓他考上！』

『姊，妳也太樂觀了吧？考國中時，不就見識過那傢伙有多沒毅力了嗎？』

『嗯——可是，妳不覺得翔最近似乎不一樣了？』

『哪裡不一樣？』

『該怎麼說，感覺好像變得比較靠得住了，大概從我們上次丟他一個人在家去夏威夷旅行那陣子開始……看來那個禮拜讓他一個人生活，還真是做對了！』

『不對、不對，是妳想太多了。』

華繪隨手翻著堆在餐桌上的報紙。

『那傢伙和我、姊姊妳完全不同，他太像老爸了，這也就表示，他沒辦法出人頭地。』

『華繪！妳胡說些什麼？』久美子輕聲斥責，『不准說老爸的壞話，妳們以為是誰把妳們養那麼大的？』

『是～遵命。』

『我可沒說哦，又不是華繪。』

『啊，姊和我在一起的時候明明就說過！』

『什麼？妳現在是在告狀嗎？』

『妳們兩個別鬧了。總之，妳們別忘了，老爸可是為了這個家打拚，才一個人到九州去工作的。』

『知道了。』

華繪坦率回應，同時停下翻閱報紙的手。

『啊，這間補習班，不就是那一家嗎？哦——在招生耶。媽，妳聽說過嗎？』

『什麼補習班？』

『這家補習班在這附近風評不錯哦，就是最近開在車站前的一間。上面寫說，

兩個禮拜就能讓你的偏差值從5提升到10，講得好像很厲害呢！』

『傻瓜，那種廣告得天花亂墜的補習班，哪能信啊？』

『可是，媽，聽說真的很厲害哦。我朋友的弟弟和翔同國中，他說上這間補習班的學生啊，全國模擬考的成績和其他大補習班的學生不相上下耶。後來那個弟弟也開始去上這間補習班，結果成績進步得嚇人。所以啊，媽，要不要也送翔去這間補習班……』

『聽起來很可疑耶，好像有什麼不對勁。』

鈴繪說著，把吃到一半的三明治擺回盤子裡。

『不對勁？』華繪說。

『很像最近常聽到的詭異宗教教派。』

『啊哈哈，妳太誇張了啦，姊。不過就是補習班嘛。』

『最近這附近有幾名國中生失蹤的事情，妳沒聽說嗎，華繪？』

『不曉得，沒聽說。』

『那些失蹤的國中生有個共同點，他們都是最近新開補習班的學生；警方目前已經鎖定該補習班了，感覺不就是妳說的那家嗎？』

『哎喲，姊，妳從哪裡聽到那種……啊，一定是那個警察說的吧？』

『妳可不可以別叫他「那個警察」啊？叫神近哥或者是阿守哥都好，有禮貌點，他搞不好會變成妳姊夫耶！』

『呵呵，你們已經到那種關係啦？不好啦！當警官的老婆很衰耶！連續劇不是都有演？一點好處都沒有。』

『要妳管啊！妳可別告訴翔喔，那小子不知道我男朋友是警官。』

『知道啦！』

『回到剛剛的話題，我男朋友說，那些失蹤的國中生，幾乎全是家裡有問題的孩子，看來似乎不只是單純的離家出走。如果真的和什麼可疑宗教有關，到時候一定會引發大騷動。』

『討厭，別再說了，這樣我哪敢晚上在外面走？』

『妳們兩個夠了，快點吃完去上學！』

久美子說完，焦慮的開始洗碗。

洗碗的水聲就好像一聲聲的催促，兩個女兒連忙吃完剩下的三明治。

『還有，鈴繪。』

久美子開口，對嘴裡咬著三明治轉過頭的女兒無奈地說：

『妳真的有打算和神近結婚的話，至少也該稍微學學怎麼做菜吧？』

『好、好。』

『只要是妳喜歡的人，爸媽都不反對，只是，妳要當個警官的妻子，就要有心理準備，別想得太簡單，懂嗎？』

『別擔心，我們已經交往快一年了，我想，我比身為上班族老婆的老媽更清楚情況。』

『那種說話方式，到底是像誰啊？』

『當然是像妳啊，老媽。老爸是那種不論人家說什麼，永遠都擺著一張笑臉的人……』

『姊，手機響了喔！』

華繪從大姊的包包裡拿出響著來電鈴聲的手機。

『謝啦……喂喂？是你啊……嗯，早安。』

鈴繪一接起電話，臉色變得很開心。

『一定是那個警察吧。』華繪對老媽耳語道。

MILK MILK

鈴繪站起身往玄關走去，避開兩人的視線。

『怎麼了嗎？怎麼這麼早？真難得。』她對著手機說。

『小鈴，我有點事情想問妳。』神近說。

『有事問我？』

『嗯，是關於妳弟弟，翔的事情……』

突然聽到弟弟的名字，鈴繪還以為神近在開玩笑。

『什麼？該不會是那傢伙做了什麼壞事吧？』

『還不清楚，不過可以確定他是我案子的重要關係人。』

『咦？』

男友意想不到的回答，讓鈴繪的手機差點從手中掉落。

那棟建築物，樣子就像被誰遺忘在森林中的蛋糕盒。窗戶少之又少，外牆也沒有醒目的裝飾，整體好像塗上白漆的巨大水泥立方體——

登記用途為農業實驗場的那棟建築物，名為『綠屋』。

籠罩森林的晨霧被風吹散，這棟建築龐大的樣貌突然出現眼前，五名特殊任務搜查官全都開始確認起自己攜帶的武器。

那幅景象真是非常奇怪。

隸屬於警政署刑事警察局非公開特務小組的敷島勇悟，在兩週前接獲命令，帶領五名直屬部下前來調查這棟不明建築物。

調查目的是要親眼確認，處於廣大私有地上的該建築究竟在進行什麼活動。

接獲命令時，上司只這麼說明。

對方到底是誰？可能進行哪些活動？只是純粹犯罪或是恐怖攻擊？即使敷島多次詢問上司，仍然得不到答案。

說實話，他很疑惑。

隸屬非公開為眾人所知的特務小組，平時就從事著極機密行動，只是像這樣連一點情報都不透露的任務，他還是第一次遇到。

從這點就足以判斷，這棟『蛋糕盒』裡頭所進行的，鐵定不只是普通的不法活動。

他們在蕨類叢生、濕氣濃重的森林裡走上大半天，好不容易抵達掌上型導航系統地圖上顯示的目的地時，已經是黎明時分了。

根據直升機的空照圖來看，這棟建築物上方有個直升機停機坪，物資與人員似乎都由此接濟。

建築物的申請名義是農業實驗場，卻蓋在這種進出只能憑著直升機的窮鄉僻壤，建築物本身幾乎照不到陽光也很奇怪。

裡面到底在進行什麼樣的蔬菜水果研究？

敷島等人全力警戒著四周，同時靠近『蛋糕盒』不起眼的邊角出入口，那是唯一能從外觀上判斷的出入口。

牆壁上處處設置的防盜監視器，因紅外線感應器而一起動作，開始追逐著敷島等人。

『小心點，敵人可能會突然槍擊我們。』敷島說。

他自己也拔出手槍備戰。

就在這個時候……

鏗！金屬聲響起。

大門的金屬把手從內側轉動，發出難聽的吱嘎聲。

門打開了。

敷島屏住呼吸，把槍口對準昏暗的建築物內。
『呀啊！』傳來女孩子的叫聲。
聽到那聲音，特務人員們一致直覺判斷對方無攻擊性，而撤下手槍。
站在那裡的，是一位身穿白衣的女性，皮膚雪白、雙眼清澈，一頭黑髮長及背部，簡言之，就是位絕世美女。
敷島懊悔自己竟然拿槍對著這樣的女性，他頻頻點頭致歉。
『很、很抱歉！我，是警方特務機關派來，就是……所謂的「搜查官」……我、我叫敷島！』
看到敷島那與外表不相稱的狼狽模樣，在後方戒備的其中一名部下苦笑了起來，原來綽號『鬼軍曹』的敷島在美女面前也會不知所措啊！
『沒關係。』女子搖搖頭，微笑說道：『看了防盜監視器，早知道各位是警方的相關人士，卻還是不小心叫出聲，我才真是失禮呢。來，請進吧，請問各位今天來，有什麼事嗎？』
好有禮貌的說話方式。
敷島等五名搜查官因為情況與預想的不同而心生游移，彼此互相交換眼神，繼

續提高警覺，進入『蛋糕盒』裡。

『蛋糕盒』內部出乎意料的明亮，感覺與殺風景的外觀截然不同。從外面幾乎看不到窗戶，但豐盈的陽光卻從天窗射下，簡直難以想像這裡是森林深處。

裡頭還設置了強力的照明設備，各式植物生氣蓬勃、繁茂生長，真是一座很棒的室內農場。

大批『農夫』吹著口哨，開心耕作，從他們的表情根本看不出絲毫犯罪者的痕跡。每個人一看到敷島他們，都微笑打招呼。

敷島不禁覺得一身特殊裝備的自己很丟臉。

大廳是寬闊的開放空間，溫度、濕度都控制得恰到好處，讓植物與人類能夠舒適地處於其中。

結實纍纍的紅色、黃色、橙色水果，還有看來很健康、葉片茂盛的蔬菜。

一名『農夫』摘下一顆珍貴的南國水果，遞向敷島。

『啊，不，謝謝，我們現在是執勤中。』

敷島禮貌拒絕後，『農夫』仍帶著笑臉，過意不去的深深鞠躬，自己咬下那顆水果。

『好像很好吃耶。』一名部下對敷島耳語，『不如我們離開時要一顆當禮物吧？』

『蠢蛋！』敷島罵道。

事實上，他想起自己也正空著肚子，嘴裡早就湧滿了口水。

『大家看來都很開心吧？』

領著他們前進的女子說。

『各位或許認為在這種深山裡頭設置農業實驗場很奇怪，其實我們有必須與世隔絕的理由。』

『什麼理由？』

敷島實在想不出非得在與世隔絕的場所進行的事情，除了不法活動之外，還有什麼其他的。

『我們在這裡進行實驗，檢測培育者感覺到的愛與幸福，對作物能有多少影響，因此沒辦法選擇人聲鼎沸的市區，或者會受到居住人們的負面磁場擾亂的地點進行實驗。』

『原來如此……』敷島只能這麼回答。

真是奇妙的實驗啊！

女子的笑容，以及空間內連敷島都感受得到的滿滿『愛』與『幸福』，讓他覺得好神奇，也接受了女子的說詞。

『我明白了。這棟建築物的確如申請書所示，是座「農業實驗場」，不過為了慎重起見，請讓我們調查一下生產哪些作物，如果沒有什麼異狀，我們的任務就到此結束。』

『好，請隨意調查到各位滿意為止……』

女子說完，露出燦爛的笑容，那笑容不輸花團錦簇的水果花。

警視廳所屬特務機關的搜查官們大約只多待了一個小時，便離開了『綠屋』。

『有夠無聊。』

女子看著倒映在門邊牆壁上大鏡子裡的自己，嘲笑著。

『哼，竟然喜歡這種型的，果然是大叔。』

還打算對著鏡中的『自己』吐口水時……

女子披散在背後的柔順黑髮、水汪汪的雙瞳、纖細修長的四肢與身體，全像壓扁的黏土般扭曲。

同時，四周的景色也跟著扭曲，再度呈現在眼前時，已經是全然不同的光景。

搜查官眼裡所看到的一切，全是幻象……

不對，是更加難以說明的影像，總之，那些畫面只存在於搜查官的腦裡。

原本綠意盈盈的室內農場，現在卻連棵裝飾用盆栽都找不到，只有單調的水泥牆圍繞四周。

走廊上羅列的日光燈散發著毫無生氣的青白色光線，冰冷的地面鋪著漆布，緊急照明燈的紅光猶如傷痕般滲入牆上。

而原本水果、蔬菜等結實纍纍的大廳，其實是昏暗的實驗室。

更別提天花板上根本沒窗戶、實驗室裡頭擺放的不是植物，而是作用不明的機械；電腦螢幕上正播映著桌面的圖樣，每幅桌面都是相同的綠油油農園景色。

很諷刺吧？

然後，創造出一切影像的女子，也恢復到稚氣未脫的十四歲少女姿態。

白衣成了全黑的牛仔褲與長袖T恤，頭髮是及肩的日本娃娃造型，而水汪汪的

大眼睛則恢復原本的細長犀利。

『太精采了，麻耶。』

生島荒太走了出來，還一邊誇張地拍手。

『用「傳心術」一次對五人傳送相同的影像。一個月前光是要傳送給一個人就費盡全力，比起那時候，妳可是進步得相當多呢！』

生島是負責統籌的『Farmer』──也就是『綠屋』超能力者的訓練教官，這樣的管理者有三個，他是其中之一。

『Farmer』就是英文的『農夫』。而麻耶等這些超能力者，簡單來說，就是受栽培的紅蘿蔔或高麗菜。

『哼！』麻耶自嘲地冷哼了一聲，說：『我們會成長，還不是因為灑了不少「農藥」的關係？……不過，還不錯啦。』

『是啊，的確不錯。妳到底能夠同時對多少人施展「傳心術」，麻耶？』

『只要我想做，對這裡所有人傳送都可以。話說回來，剛剛的搜查官把我看作那麼沒品味的輕浮女人，害我有點不爽。』

傳送給其他人的影像，也就是她自己在腦中描繪出的影像，因此理所當然她自己也看得見。

而她就是透過『傳心術』，將這股強烈的自我暗示傳送到其他人的腦袋中。

『藥呢？我得回去「工作」了，多給我一點。』

麻耶所說的『藥』，是用來開發、提升潛在型超能力者力量的藥劑。

說起來，這類藥劑對於麻耶這種能力已經完全開發的超能力者來說，並沒有什麼作用，可是……

『好，不過，別吃太多。』

生島說著，從口袋拿出裝有藥錠的盒子，拋給麻耶。

『謝啦。』

接過盒子的麻耶，像要流出口水般打開盒子，立刻抓起一錠藥放進嘴裡。

『呵呵呵，好，該走了，我可不想繼續待在這沒情調的水泥箱子裡。』

麻耶雙手插進口袋，邁出步伐。突然，一個全黑的『虛無』人形出現在她眼前，差不多同時化身成一個高個子少年。

瞬移力。

這是使用超能力做出的瞬間移動。

『將，可以送我上屋頂的直升機停機坪嗎？』

『既然要送，不如我直接送妳到「辦公室」如何？距離這裡大概十公里左右，瞬間移動十次就能到達，比搭直升機快上一百倍。』

『呵呵，那就麻煩你啦！』麻耶伸出手。

『好好抓牢哦！』

話還沒說完，兩人已經如幻影般消失。

生島為兩名超能力怪獸令人驚歎的能力屏息，他一個人偷偷笑了起來。他們的成長遠超過想像。從數字來看，他們兩人的能力，不過一個月，就已經提升到一千倍以上。

具備立即戰鬥能力的『念動力』超能者猛丸的背叛雖然讓人痛心，但少了他，整體的戰鬥力仍然向上提升。

這都多虧了新開發的藥劑，才讓將和麻耶兩人以為自己的能力成長，都是拜新藥所賜。因此，他們才會一副垂涎三尺的表情，服用『偽藥』。

這個『偽藥』，事實上只是維他命和礦物質的結合罷了。

生島的手心裡翻弄著『偽藥』。

只要他們一直誤會下去，我就能夠控制這些怪物了。

『「類別零」啊……』

生島不自覺地低聲說，跟著回過神來，立刻環顧四周。

這可不能讓其他『農夫』知道。

事實上，麻耶他們的能力出現驚人成長，是因為遇上『類別零』的關係。

除了生島外的其他『農夫』們，仍舊持續使用具危險性的藥物與機械，埋首訓練超能力者。

將電磁波直接輸入大腦、施打對人體有害藥物等，長久以來持續使用這些激烈的訓練方式，最近終於有『弊端』浮上檯面。

『生島，看來你似乎成功打發那些搜索官了。』

『綠屋』的所長，唐木右道帶著雙胞胎女秘書現身。

這個男人自從一個月前的事件之後，就不斷在条威他們所在的城鎮進行實驗，而實驗的『弊端』引發了一大堆麻煩。

唐木引發的問題，總有一天會傳入『未知領域委員會』——『化裝舞會』的委員耳裡。而唐木失勢也是早晚的事。不過……

『是的。您別擔心，那位超能力者就是為了應付這種時刻訓練的。』生島說。

『哼，說得好像全是你的功勞似的。』

唐木說完，沒在生島面前停下腳步，直接往自己的辦公室走去。

表情像邊境牧羊犬的傲氣雙胞胎秘書，在經過生島身邊時，同時對他投以輕蔑的微笑。

光是這一來一往，就充分傳達了唐木打算在近期割捨生島的念頭。生島只要想到這裡，額頭就不禁冒出冷汗。

唯有叛亂一途了——能夠存活下來的生路，只剩下這條路了。所以，我必須讓『類別零』覺醒。

策略早已確定。他要利用唐木的失策，這是一石二鳥之計。

『給我等著吧，唐木……』

生島喃喃著，一把捏碎手中的『偽藥』。

2. 五名超能力者

『我說你呀，你是不是腦袋有問題啊？啊？』少年A說。

……叫人家少年A似乎很難記，還是給他起個假名，叫『太郎君』好了。

我知道他們和我一樣是國三生，也知道他們是學校地下不良幫派的小嘍囉，可是名字聽了好幾次，還是記不起來。

因為他們都一樣染褐髮、穿著內裡縫著超俗氣刺繡的制服西裝外套，然後再配上滑溜溜、會反光的高腰褲。

這就是鄉下不良少年傷腦筋的地方。我所認識的橫濱不良少年，還比他們有品味多了。

他們八成以為自己是少年漫畫雜誌中的小混混吧？

……我心裡是這麼想的，但是哪有可能說出口？

對手有五個人，我只有一個，又不高大，也不會空手道，更沒有什麼必殺武器……呃，應該也算有啦。

我的制服暗袋裡放了把超小型的麻醉槍，可是，不能拿這把槍射擊普通的不良少年。

這樣的話，就一般情況而言，我將逃不過挨一頓揍的命運……但是，我卻一點也不感到害怕。

為什麼？因為綾乃此刻正在我的身體裡頭。

——別擔心，我已經叫条威和海人過來了。——

她這麼說著，為我打氣。

一個月前，綾乃轉入我就讀的桔梗之丘國中。轉來後不到一個禮拜，她已經吸引住全校男同學的目光。

因為綾乃是黃色炸藥等級的美少女，讓人覺得這樣的美女不應該待在這種鄉下國中。

我會被這群不良少年包圍，事實上也是因為綾乃。

像我這種不好不壞的普通人——根據不良少年們的說法是『像我這種普通到毫無存在感的透明人』——和綾乃看來很親密、很開心的樣子，讓他們不爽。

綾乃在班上坐在我的隔壁。只是巧合罷了。

不過，我們也因此總是很要好的在一起——這是周圍大家的想法，事實上他們想錯了。

我們，還有隔壁班的當真条威、火室海人，再加上一年級的轉學生、中日混血第二代的伯小龍，大家都是經歷過賭上性命的超能力對戰後，存活下來的夥伴。

『喂喂喂，你有沒有在聽啊，小子？』

太郎君（假名）揪著我的前襟威嚇著。

他鼻孔很大，而且鼻毛還跑出來了。

『不、不是、那個我……』

——不可以，翔，忍住，条威他們馬上就來了，你的念動力很危險，足以毀掉整座體育館，弄不好或許會整死鼻毛男，還會讓我們的秘密因此曝光。——

說什麼忍不忍耐，我根本就沒有什麼念動力——也就是用意識移動物品、破壞東西的能力——我一點也沒有！

我甚至連想解決這群不良少年都做不到。

可是，如果我這麼想的話，在我身體裡面的綾乃就會聽到我的真心話，所以我盡可能忍下自己的害怕，心裡想著：

哼！你們這些小角色，要是我真的使出念動力，不用兩秒鐘，就能夠把你們全都變成絞肉了！

我話先說在前面，我的忍耐也是有限度的。

在我數到五之前……不，數到十好了，你們最好放手。

我盡量數慢一點。

一〜〜〜

二〜〜〜〜〜

三〜〜〜〜〜〜〜

四〜〜〜〜〜〜〜〜〜

五〜〜〜〜〜〜〜〜〜〜〜

『說話呀！喂！』

太郎君（假名）像猩猩一樣露出牙齒威嚇，低下頭，擺出不良少年所謂『頭錘』的姿態。

慘了！

就在我閉上眼睛的瞬間，太郎君（假名）突然做出相反的動作，仰頭向後倒。

『咦？怎麼了？』

鏗！鏗！鏗！他用自己的後腦勺撞向頂樓的水泥地。

是靈魂出竅！

原本在我體內的綾乃，正附上太郎君（假名）的身體，操控他的動作。

『哇！痛！好痛！誰、誰來救救我！……』

周圍的不良少年全都慌了手腳。

『你在幹嘛？喂！』

不良少年之一跨坐在太郎君（假名）的身上，企圖壓制住突然開始發狂自虐的他。

『你這傢伙，對他做了什麼？喂！』

不良少年集團中的中堅分子二郎君（假名）對我揮舞著拳頭。

『給我等一下！』

只聽見一個低沉的說話聲，二郎君（假名）的手被人從背後抓住。

『……?!』

轉過頭去，二郎君的臉上立刻毫不留情地挨了一記頭錘。

二郎君（假名）發不出聲音，跪倒在地，低著頭，鼻血滴滴答答的流了下來。

『你找我兄弟有什麼事？』

火室海人擦擦沾到鼻血的額頭，瞪著周圍的不良少年們。

趕、趕上了！謝天謝地……

他就是『我認識的橫濱不良少年』。

薄料襯衫的前襟開到胸前，西裝外套的衣領改得比原本的規格要窄些。長褲的大腿部分有點寬，而下襬相反的有點窄。

海人天生的高個子還挺適合這身打扮的。

轉來我們學校才一個月，海人與男模風的条威一起成了在地巨星，就連隔壁班，也就是我們班的女生，都為他們瘋狂不已。

『你、你這傢伙，火室！喂！要幹架嗎？』

不良少年的動作卻與嘴上說的話相反，害怕退縮。

『我們的老大可是百百路樹潤哦？要打嗎？啊？』

百百路樹潤，是和海人他們同期轉來的七名轉學生之一。

才轉來沒多久，他已經在桔梗之丘中學劃出勢力範圍，聽說還找了這些恐怖的不良少年幫派成員一個個單挑。最後還把老大大猩猩寺田送進醫院，取而代之成為幫派的頭頭，是個難搞的傢伙。

『啊？百百路樹又怎樣？』

不良少年們提出老大的名號想嚇嚇海人，但海人怎麼可能這樣就腿軟？

廢話！海人可是超能力者耶！

他是超能火人，只要他想要，就能送幾顆火球給眼前的敵人嘗嘗。

無論對方有多強，終究是普通老百姓，如果我們來真的，根本不可能輸。

不過，就算對方再怎麼壞，我們也不能讓普通國中生全身著火啦……

『王八蛋！正合我意！』

『腦袋不想要了嗎？哼？要我們搗爛它嗎？』

原本退縮的其他不良少年一聽到百百路樹的名字，就有如神明護體般，全部恢復了精神，肩上扛著不知哪裡來的高爾夫球桿，還有稱為『特殊警棍』、能夠愈拉愈長的金屬棒，偏著頭朝海人圍了上來。

『勸你們住手比較好哦。』

拿著高爾夫球桿和特殊警棍的兩人被人從肩膀上拍了拍，他們轉過頭。

站在那裡微笑的人，是条威。

『啊……你……』

正要開口的高爾夫球桿男被条威的掌心輕輕一推，就摔了個四腳朝天。

『啊、啊……』

然後就這麼雙腿無力，再也站不起來。

『你他媽的！』

特殊警棍男見狀，開始害怕發抖，同時仍然不忘拚死揮舞警棍朝条威衝過去。

只見他揮棒落空，威風的警棍連条威的毛都沒掃到。

而条威只是單手插在口袋裡，輕鬆地搖晃了上半身而已。

条威有技巧的躲開攻擊，簡直像職業拳擊手；在閃躲特殊警棍男的瞬間，他倏地近身在對方的太陽穴送上一拳。

單單這個動作，特殊警棍男便翻白眼倒地，口吐白沫了。

不知道条威『能力』的旁觀者看來，會以為他練了什麼奇特的格鬥技，或者擅長什麼擁有中國四千年歷史、獨門單傳的暗殺拳吧。然而，条威的厲害，是有其他原因的。

因為条威是具備千里眼、讀心術，還能夠預知的天才超能力者。

所謂的『預知』，就是能事先知道未來即將發生的事情——這是普遍印象，但条威的能力還有更神秘的部分。

他甚至能夠看見眼前人物下一秒將如何動作，解讀出那短暫的未來。他還知道自己應該怎樣攻擊、攻擊哪裡，就能夠擊倒對方。

因此，別說是不良少年耍弄的警棍了，連子彈都無法奈何条威半分。

其實，一個月前的深夜，這所學校發生那個『案件』時，光憑他一個人，就在一瞬間撂倒了十多名手持麻醉槍的追兵。

他和我們站在同一邊的話，可是一劑強心針，但要是成了敵人就麻煩了。

他就是綾乃所說『最強的天才超能力者』——當真条威。

『還來啊？』

条威微笑著說話的表情，沒有絲毫威嚇的神色，卻反而讓不良少年們開始害怕顫抖。

還站著的剩下三人，勉強扶起失神昏倒的兩人，一邊碎碎唸著撂下什麼狠話，便目光無神又畏畏縮縮地離去了。

『謝謝你們幫了我大忙！』

我對海人、条威，以及在我身體裡面的綾乃說。

『說什麼傻話呀，你這怪物！』

海人以手臂粗暴地碰碰我的肩膀。

『如果讓你像前陣子那樣抓狂發飆，可是會引起大騷動的啊。』

海人所說的，是一個月前以這間學校為舞台的『超能力者大會戰』。

『綠屋』送來名叫猛丸的超強念動力超能者，結果他的念動力失控，直接搗毀了預定拆除的木造體育館。

在體育館內的我和猛丸奇蹟似的獲救，而海人他們一直認為引發奇蹟的，正是我的念動力。

回想一個月前，自從綾乃靈魂出竅來到我的房間之後，我的生活就變得完全不同了。

在那之前，說起我的生活，不外乎是——

每天早上七點半起床，刷牙洗臉，盡量緩慢吃完麵包、蔬菜汁和荷包蛋後，搞得快遲到了，才匆匆忙忙飛奔出門。

然後上課時，我只是呆呆望著老師的手在黑板上移動，腦袋裡想的完全是其他事情；內容大概都是自己是個英雄，在魔法與怪物的世界旅遊等幻想。

放學後，下課的鐘聲還沒打完，我人已經離開教室，直接回家。

胡亂脫下鞋子，還沒說『我回來了』，人已經走到二樓自己的房間。我把上課時想到的模型點子在筆記本上打草稿，然後開始在素描簿上畫下形像插圖。

之後到晚餐前這段時間，我會拿出自己製作的『翔』、公主、魔導士的人偶模型，在幻想中稍微加進一點點真實，以我狹窄的書桌作為舞台，開始觀眾、演員都是我一個人的『短劇』……差不多是這樣吧。

而現在呢？我已經一個月沒玩模型了。

不是我要裝大人從那樣的遊戲中畢業，我自己製作的模型全都慎重地收在我書桌的抽屜裡；純粹是因為正牌的『冒險』不曉得什麼時候又會再度展開，因此我沒有多餘的時間耗在幻想上。

『翔，希望你盡可能不要使用你的「能力」，因為你的「能力」帶來的影響實在太大了。』条威說。

……喂喂（汗）。

不論是即將發生的將來，或者是他人的心全部都能知道的条威，竟然還是一樣誤會我那超級宇宙無敵的狗屎運是超能力。

事到如今，我實在很難開口解釋。

原本我想等条威開口說：『他不是什麼超能力者，只是普通的國三生。』這時我再跟著說：『他說得沒錯，對不起各位，我不是存心撒謊，是你們自己搞錯了。』就能夠放下肩膀上的重擔了……

『對不起，我來晚了！架已經打完了嗎？』小龍跑了過來。

不愛爭吵的小龍八成不想被捲入是非，才故意慢點過來。

綾乃從二樓教室窗口探出頭揮著手。這麼說來，她不曉得什麼時候已經離開我的身體了。

『翔——！条威、海人、小龍也一起吃便當吧——！』

『知道了啦，別喊那麼大聲！真是！』

我一方面擔心會被那群嫉妒的不良少年瞪，一方面心裡又得意得要命。

『太好了！吃飯、吃飯！』海人這麼說，打了個大呵欠。

『今天負責準備便當的是小龍吧？』条威說。

『是的。配菜是麻婆豆腐和煎餃唷！条威哥，看，我帶來了。』

小龍準備的中華便當，非常正統。

他們四個人一起住在条威用預知能力中的樂透獎金買的獨門獨院房子裡。

料理值日生、便當值日生、打掃值日生都由他們四個人每天輪流負責，這麼自由輕鬆的同居生活，一般國中生根本不可能享受到。

而我，也是他們的一員，放學後跑去他們家，在大人的視線之外度過的快樂時光，吃吃喝喝，大吵大鬧。大家就像是很久以前就認識的死黨好友。

能夠製造火焰的『超能火人』海人、使用氣功的小龍、預知能力者条威，還有能夠靈魂出竅的綾乃。而我，則被稱為『念動力超能者』，意即我的超能力是使用意識移動物品。

當然，我沒有這種能力。我只是個平凡的十四歲國中生而已。

只是偶然被捲入超能力者間的戰鬥，正巧遇上萬分之一的奇蹟，擊退了正牌超能力者們，卻因此被他們誤會。

雖然我心裡很痛苦，但之所以不說穿、繼續讓他們認為我是他們的超能力者夥

伴，是因為只要能多一下下也好……我希望能以他們夥伴的身分待在他們身邊。

就算總有一天他們會發現我根本不是什麼超能力者，而離我而去……

但是，即使只有現在也好……

『哎喲，你實在太慢了，我乾脆直接下來了。』

綾乃的臉出現在我面前。

『啊，抱歉，那我也去把便當拿下來。』

『你的便當在這裡，翔同學。』

說完，同時把我的書包遞給我的，不是綾乃，而是真翠紗耶加。她和綾乃同一天轉學過來，也是我們班……不，該說是全校的話題美少女第二名。

大大的眼睛，小巧的鼻子，尖尖的下巴；眉毛不像有整理過，卻左右工整對稱；頭髮不像有染過，卻略帶栗子色；身材修長，但不是很高；臉蛋小到和一般女孩子並肩走在一起的話，會讓人遠近感失焦；皮膚白得像不曾曬過太陽。

她和綾乃同樣是轉學生，所以感情不錯；兩人一起走在街上時，不論大人小孩，只要是男性，都會震撼到忍不住回頭看。

『紗耶加說她也想和我們一起吃……可以嗎？』綾乃說。

キ
キ
キ

『可以吧，翔同學？』真翠紗耶加偏著頭微笑。

看到那笑容，就算是綾乃也拒絕不了。

『當、當然！』

我這麼回答，同時偷看了一下綾乃的樣子。我期待在綾乃身上見到戀愛小說裡常出現的反應嗎？

——幹嘛那麼做作？——可是，綾乃一點嫉妒的痕跡都見不到，眼睛轉啊轉的搜尋著大開的便當。

『哦，怎麼？妳是綾乃班上那個話題人物？』海人說。

『怎樣的話題人物，海人同學？』

紗耶加用力、開朗地拍拍海人的背。

『痛！妳還真爽朗啊，啊哈哈哈！』

『這樣還真不錯，連飯都變得好吃了。』小龍也很開心。

条威也在笑——跟著大家一起笑，但——總覺得樣子有些不對勁。好像正掛心著某件事。

他留下小龍特地做的中華便當，說：『我有點事，離開一下。』就突然不曉得往哪裡去了。

燈山晶佇立在校舍的屋頂上。沒有任何動作，她的手指掛在鐵絲網上，眺望著遠處深藍色的連綿山群。

她看到當午餐的卡路里飲料罐子上，隱約印了口紅印，便用手背抹了抹嘴邊。

她以非正職的身分重新回到過去的『工作』，最近偶爾也會把丟在抽屜超過一年以上的口紅、化妝品拿出來用。

既然身為女性，穿裙子、搽口紅、多少化點妝，在執行秘密行動時，比較不那麼引人注目。以學校職員身分回到這間學校時，她通常都會仔細把妝卸乾淨，今天則是因為來不及。

舌頭舔舔嘴唇，感覺到口紅獨特的香料。

不舒服。如果我是男的就好了——她認真地這麼想。

就在這時——

『慢死了！真的是！』

燈山煩躁的把喝完的飲料罐子塞進鐵絲網裡。

她想和某人在這屋頂上談事情，不過他們並沒有約定。因為沒必要。對方應該能夠預先知道我有話要找他談，而自己過來。

他能夠看見未來，讀取眼前對象的想法。這樣的能力，或許會被世人推崇為『神之子』。

那名少年——當真条威——燈山等著他的到來。

『讓妳久等了，燈山姊。』条威這麼說。

明明沒有約好卻現身，燈山已經見怪不怪了。

使用撲克牌對条威進行預知實驗時，也得出百分之百的命中率。条威預測燈山會抽起哪張牌，並將『預言』寫在紙上，擺進事先準備好的信封裡封起，由燈山保管，再對照抽起的撲克牌。結果，燈山抽的牌果然和信封裡的『預言』一致。

『翔他們呢？』燈山轉過頭問。

『他們還在吃便當。我想快點回去，有什麼事的話請盡快說完。』条威說著，臉上露出孩子般的笑容。

『回去做什麼？』

『沒做什麼，和大家一起吃便當啊，現在是午休時間嘛。』

『呵，一點都不像你會做的事。』

『我也只是個十四歲的國中生呀，這不是很平常嗎？』

『十四歲的國中生會說這種話嗎？』

『燈山姊……』条威苦笑著說：『為什麼只對我不一樣？』

『哪裡不一樣？』

『妳對我和對其他人，完全不一樣。當我是小孩子就好，要不然我會變成不良少年哦。』

条威說著，來到燈山身邊，斜眼窺進燈山眼底。

燈山和他保持著安全距離，開口：『我為什麼沒辦法把你看作小孩子，你應該最清楚吧！』

『不知道耶。』

『怎麼可能？你不是會「讀心術」？』

『燈山姊，如果妳以為我總是在讀取每個人內心的想法、總是能夠預見未來，那就錯了。我，不是神，我只是個人。』

『撲克牌實驗已經測出你有百分之百命中的預知能力呀。』

『那種東西不是「未來」，想提高準確度，只要多多練習，誰都能夠辦到，就算是燈山姊妳也可以。』

『那麼遭到敵人——「農夫」他們襲擊那一次怎麼講？你可是百分之百準確躲開了子彈，還一擊就把高大強壯的男人們打倒。』

『我就說……』

『這麼厲害的你，竟然對翔的情況裝作不知情？』

『翔的情況？』

『少裝蒜了，那傢伙哪是什麼超能力者啊？一個月前發生的事情，只是偶然罷了，只是情況正好看起來是他以念動力重擊敵人而已……』

『不對。』

『什麼？』

『翔是超能力者，而且是非常強的……不對，這說法有點怪，該怎麼說？該說是能力非常特殊的……換個角度來說，也是非常危險的超能力者。』

『危險？那傢伙？啊？你在說什麼傻話……』

『我說的是真的，對敵人來說……搞不好對我們來說，也很危險。』

『夠了吧！別再拐彎抹角的說話行不行？』

燈山逼近条威。

『你知道些什麼，趕快說清楚！不說的話，我也有我的打算……』

条威在燈山的嘴唇前豎起食指，打斷她的話。

『我們別再談這件事了，好嗎？』

『！……』

燈山的心臟狂跳了一下，不自覺揮開条威的手。

『唔！……』

手錶的零件劃過条威，条威皺眉。

『啊，抱歉，我不自覺就……』

燈山連忙握住条威的手。他的手被零件刮到了，滲出鮮血。

『你怎麼不躲開呢？你不是能夠閃子彈嗎？……』

『很簡單，因為我不知道。』

『咦？』

『我能夠閃躲敵人的攻擊，是因為對方對我懷有「敵意」，就像野生動物天生就有的本能，能夠閃避即將發生的危險。我的能力就類似那種本能。嗯，雖然說真實的情況我也不是很清楚。』

条威說完，悲傷的皺起眉頭，那樣看來的確很像十四歲的少年，只是多了點成熟的味道，還多了點雕像般的美……

『剛剛燈山姊的「手」沒有敵意，感覺上反而是帶著相反的情感，所以我預測不出來。』

與敵意相反的情感？

突然被年紀小一輪的男孩子這麼說，燈山尷尬地放開条威的手，與他保持一步遠的距離，冷漠粗魯地開口：

『那一點小傷，死不了的。』

『的確死不了……對了，妳要找我談什麼？和我單獨見面，不可能只是為了講這些吧？』

『當然，我有事情想問你。我想知道你的意圖究竟是什麼？』

『意圖？』

『明知道危險迫在眉梢，不但沒告訴夥伴，反而袖手旁觀的原因。』

燈山直截了當、單刀直入地說。

然而，条威的表情仍然沒有任何改變。

『妳指的是和我們同期進來這間學校的轉學生嗎？』

『看，你明明知道！這個鎮上似乎搬來了不少人，這陣子包括你們在內的，就多達十一人。我們調查除了你們四個之外的其他七個人，其中的五人……』

『因為我也不知道。』

『什麼？』

『就像是站在上鎖的門前，怎麼樣也進不去；這種時候，我只有等待了。』

『等待？等什麼？』

『等著「事情」發生。沒事的話，我先走了……』

条威說完這麼句話，便快步離開燈山面前。

燈山目送他的背影，嘴裡喃喃說道：『等到事情發生不就太遲了嗎？預知超能力者！』

透過復職的『該機關』進行調查後，燈山得知那五人的身分。他們全都是無家

可歸的少男和少女，而且在轉來這間國中之前，全都失蹤了將近一年。
一定有什麼事情要發生了。不需要是超能力者，燈山也能隱約有這種預感。
但是，在条威所說的『事情』發生前，似乎只有靜觀其變了……
我們坐在校園角落的草地上吃便當。
条威說有點事先離開，小龍特地做的中華便當他幾乎都沒吃就交給海人，不曉得去哪裡了。
『真是！那傢伙老是這樣！』海人說：『原因也不交代一下，就像流浪貓一樣跑掉。唉，算了算了。今天是小龍特製的中華便當，我就不客氣包下兩人份啦！』
『你會不會吃太多了，海人！』
綾乃教訓著狼吞虎嚥的海人。
『把便當留給条威啦！他什麼話都沒說就默默地離開，一定是去為我們做什麼事了呀！』
『是呀，海人哥，如果你肚子餓的話，我這份給你吧。』
小龍把自己的炒飯分到海人吃空的便當盒裡。

海人立刻大口大口吃下炒飯。

『你們這些傢伙該不會是被条威收買了吧？他沒像你們以為的那麼能幹啦！他也和我們一樣，只是說剛好什麼都知道，才必須……』

海人沒注意情況就隨口說話，綾乃用手肘頂頂他的側腹。他似乎忘了真翠紗耶加也在場。

海人連忙微笑掩飾，說：『哎呀，哈哈哈，因為那傢伙腦袋聰明，算術什麼的都很厲害，真幫了我這個笨蛋大忙呢，哈哈哈哈。』

我苦笑。至少也該說『數學』吧？

不過，海人就是這樣，因為他可是橫濱無法治地區『無國籍街』的不良幫派首領啊！不用說，他應該沒上學吧？這件事情我沒有問過他或其他人，他們也完全沒有想提的意思。

這麼想來，条威真的很不可思議。可以確定他應該至少一年以上沒上學了，轉學來沒多久，小考的數學、國文、英文成績全都是班上前幾名。

我問条威，他是不是用了讀心術之類的超能力考試，卻被他斷然否認。這八成就是他真正的『實力』吧？

到底条威之前是？……

『翔同學？』

真翠紗耶加不知何時來到了我身邊。

她打斷我的思緒，小聲地說：『我聽說，當真条威同學、火室海人同學，還有一年級的……小龍同學？他們和綾乃住在一起，是親戚嗎？還是……』

『呃，啊啊，對，他們差不多是親戚。』

這問題，班上已經有不少同學問過了。大概是因為我常和他們在一起的關係，所以大家才來問我。

可是，我實在不知道該怎麼回答，只有隨便敷衍『沒聽說耶』、『不清楚』。

原來如此，還有『親戚』這個答案啊，不錯嘛。以後就這麼回答好了。

既然是親戚，姓名不同、長相不像、年齡相仿，還有中國人混血兒，也都解釋得過去了。

雖然還是有點牽強啦。

『啊，果然沒錯！有人還說他們會不會是什麼奇怪的宗教教派，害我覺得有點害怕。太好了！』

『哈哈哈，怎麼可能！想太多！』

『也對……不過這麼一來，教人介意的，就是翔同學了。』

『咦？為什麼是我？』

『因為啊，一起轉學來的他們是親戚，所以感情好理所當然，可是翔同學一直是這間學校的學生，為什麼會和他們那麼熟？如果是宗教教派的話，一切就說得通了……』

『啊，不是，那個是因為……我、我和他們也是親戚啦，和綾乃他們！對，親戚！』我回答得很勉強。

『哦——這樣啊……』

『是、是啊，說起來，綾乃……呃，藤邑同學是我父親的弟弟的姪女，所以我們才會這麼熟，哈哈哈。』

我只有以笑掩飾隨口胡謅出來的話了。

『那就好。』

『咦？』

真翠紗耶加突然又靠近了我一些。

『幸好翔同學不是綾乃的男朋友……』

『！……』

她像起飛的鳥般快速離開眼睛睜大的我，往早就吃完便當的綾乃身邊去。

她、她這話是什麼意思？

剛剛她說……

該、該不會是……

不、不可能，沒那回事。

因為她轉學來這一個月，我幾乎沒和她說過什麼話。再說，和我這種貨色比起來，海人或条威不但帥多了、又長得比我高……

『紗耶加，妳和翔鬼鬼祟祟的說些什麼？』

綾乃斜眼瞄著臉上表情詭異的我，問紗耶加。

『秘密。』

竟、竟然回答秘密……這下子誤會可大了。

『咦——？那是什麼意思？喂，翔，你們剛剛到底在說什麼？』

這回，綾乃將目標轉向我。

『沒、沒什麼特別的，只是隨便聊聊……』

『這樣啊……』

綾乃在草地上躺下，閉上眼睛。

才一躺下，她就身子一軟，臉倒向一邊睡著了。

下一秒，綾乃已經進入『我』的身體裡。

——你們剛剛在說什麼？老實說！——

我嚇了一跳，努力拚死不去想起紗耶加剛剛在我耳邊說的最後一句話。

就告訴妳沒說什麼嘛！

我在腦子裡對綾乃回答。

——沒說什麼的話，告訴我啊！——

只是班上同學在傳為什麼我會和你們混在一起。

——哦……只有這樣？——

咦？為什麼這麼問？

——只有這樣的話，有什麼好不能說的？——

那、那是因為……就是……

——給我老實招來！——

綾乃的聲音在我『腦子』裡炸開。

——快說！不說的話，我就這樣……——

綾乃的尖銳聲音響徹我的腦袋，不是耳膜。

我、我知道了，我說就是了啦！

——很好……到底說什麼？——

就、就是啊……那個真翠同學她……

該怎麼回答……不行，我這樣想，綾乃也會知道。

真難回答。

——紗耶加說了什麼？——

就、就是……

那個……該、該怎麼說呢……

——給我說清楚！——

是、是！

她問我，是不是和綾乃在交往？

——什麼？——

我沒騙妳，她真的這樣問。

只是語氣有點不一樣就是了……

——我、我和翔？——

是、是啊。哈哈哈。對嘛，為什麼會這麼認為呢？

——…………——

怎、怎麼了，綾乃？

妳也有點反應嘛。

原本睡倒在草坪上（其實是靈魂出竅）的綾乃突然坐起身來看著我。接著，她硬是拉起正和小龍說話的真翠紗耶加，直接帶著她離開現場。

這、這反應是怎麼回事？

和我被傳成一對，這麼不堪嗎？……

呃，還是，該不會其實是害羞？

啊，煩死了。

這種時候如果和条威一樣能夠讀透人心就好了。我一度這麼想，不過立刻又換

了個想法。

這樣子，搞不好很痛苦吧？

以前我說想要手機時，現在一個人在九州工作的老爸曾經這麼說：

有了手機之後，馬上能聽到對方的聲音、從簡訊就能簡單得知對方的心情。這樣一來，就沒機會在心裡好好咀嚼『好想聽聽對方的聲音』、『不曉得現在對方心情如何』這種情緒了。

……聽到老爸這麼說，我就放棄使用手機了。

應該是說，我自己先改變了想法，覺得過一陣子再用手機吧。

雖然說多虧如此，我和那些有手機的傢伙更難往來了。

能夠讀心，應該比擁有手機方便多了吧？相對的，享受到方便的同時，也要承受同等的痛苦。

知道了無須知道的事情很痛苦。我想，一定比不知道還痛苦，是吧？

条威……

通知全校學生還有五分鐘開始上課的鐘聲響起。在大家往教室前進時，一個月前轉入這間國中的五名轉學生，集合在沒有人煙的校舍後面。

春日麻耶、天宮將、一色冬子、曉塔夜，還有百百路樹潤五人，全是『綠屋』訓練出來的超能力者。

『差不多該走了吧？上課遲到就太引人注目了。』

春日麻耶這麼說完，幾分不快地按住被風吹動的日本娃娃型黑髮。

『不用擔心，我會在剩下一分鐘時，把你們四人送到教室附近的角落。』天宮將滿臉自信的說。

他要一次帶著四個人瞬間移動過數個不同場所——這不是嘴上說得那麼簡單。就算是對隸屬『類別一』、有資格實際上場戰鬥的超能力者將而言，都不是一件容易的事。

事實上，前陣子的他們，的確不可能辦到。可是將的能力，在這一個月中提升到他自己都難以相信的程度。

原本他還擔心自己無法更強，那煩惱現在看來彷彿是一場夢。

不只有將。麻耶也是，她的能力在這一個月中也獲得長足的進步。

將緊緊握住褲子口袋裡的隨身藥盒。

他們的能力開發負責人『農夫』生島荒太暗地裡開發了新藥。如果他們的能力長進是因為新藥的關係，只要隨身帶著這藥盒，就不用擔心能力衰退，他們甚至還覺得能力似乎愈來愈強了。

『我要走回去。』

曉塔夜這麼說，輕蔑地笑了笑。

『麻耶學姊，妳也不用那麼著急吧？上課稍微遲到而已，不會露出馬腳的。』

『你根本搞不懂狀況吧，塔夜。對方可是有条威在喲。而且我曾經正面交手過的「野生種」超能力者馳翔也是他們一夥的……』

『啊，總而言之，就是妳沒膽吧？』

『塔夜！你這一年級的傢伙，別太囂張！』

『哈哈，妳說什麼傻話？』

塔夜露出冷冷的表情。

『別笑死人了，什麼叫「這一年級的傢伙」？我們超能力者根本沒把國中學級看在眼裡！能力強弱，才是這個世界決定地位的唯一根據，所以我們才這麼悠哉，不是嗎？』

『你這小子……』麻耶開始集中念力。

『勸妳住手哦，就算學姊妳的能力最近狀態不錯，也贏不了我的，要試試嗎？』

『正合我意！』

『住手！』坐在地上、目光銳利的纖瘦少年說。

他緩緩站起身，開口：『自己先起內訌，是怎樣啊？哼？』

冷靜的聲音，卻有著莫名壓制人的魄力。

『……我知道啊，百百路樹學長。我也不是想來真的。』塔夜說。

百百路樹潤冷冷地轉開臉。

『話已經說完，也差不多該解散了。生島要我轉達的就是剛剛說的那些。終於……開始了。』

他抬頭看向天空。

就在這一秒，百百路樹的身影消失在大家眼前，只留下一陣風。

天宮將還以為自己眼花了。

『……消失了？怎、怎麼可能……我記得那傢伙的能力是……』

百百路樹的存在，直到前陣子為止，都是『綠屋』的最高機密。因為他是『農夫』們搜尋到唯一的野生種『念動力超能者』。

不同於藉藥物與電磁波裝置開發出念動力的飛鷹猛丸，百百路樹一出生就擁有超強的念動力。為了把他帶回『綠屋』，過程中還犧牲了不少『農夫』——這些是從生島那裡聽來的……

『念動力超能者的百百路樹，為什麼有和我相同的能力？……』

『剛剛看到的，不是「瞬移力」哦，將學長。』塔夜冷笑著說。

『什麼？』

『那是「念動力」喲，他只是利用念動力飛起來而已。』

『怎麼可能？他的確是消失了呀！』

『只是看起來像消失了而已，麻耶學姊。他使出巨大能量乘著極速一口氣飛往天空，所以眼睛跟不上他的速度。』

『……』

將與麻耶說不出半句話，面面相覷。

『啊，我們也該回教室了。冬子學姊，不快點走，上課要遲到囉。』

一色冬子沒有回答。她只是如人偶般沒表情的蒼白著一張臉佇立在那裡，喃喃著咒語般的詞彙。

『啊～啊，又來了。算了，我先走，不管妳囉。』

塔夜拋下冬子，自己快步往教室去。

冬子注意到塔夜的行動，回過神來，對將與麻耶輕輕點頭致意之後，便追著塔夜離去。

『那個男人的力量，你有何感想……真的是「念動力超能者」的話……』

『如果是真的，可就非常不妙了。那傢伙……為什麼那種一板一眼的怪物會加入……』

為什麼要把極度危險而關在水泥牢籠中的『野獸』送到這裡？

不對，更重要的是，原本是自由身的他，為什麼會聽從『農夫』的命令，乖乖地進這間學校？

不問理由、只是聽從指示行動的將和麻耶，開始有些不安與動搖。

好像有什麼大事要發生了，就連身為當事人的將和麻耶都不知情的『大事』。

『嘖！這種時候如果同樣使用念動力的猛丸也在就好了……對吧？把新藥給猛

丸吃的話，那個百百路樹哪會是猛丸的對手……』

『別說了，猛丸已經背叛我們了。生島主任不是這麼說了？他背叛我們，捨棄我們這些夥伴，跑去投靠敵人——』

『我知道，可是……』

『我們也回教室吧。生島主任要我們別太張揚的。』

『五個人一起轉學進來，還不夠張揚嗎？』

『話是沒錯啦……』

『搞不懂生島主任有什麼打算，居然連我們也不能說。』

『……』

麻耶沒回答，開始往教室走。

她的心裡充滿說不出的不安，這是一個月前和『野生種』超能力對戰時不曾感覺到的。

但她還是只能聽從『農夫』——生島荒太的指示行動。

不這樣做的話，好不容易才得手的強大『力量』就會消失。

如果真的演變成那情況，他們就無處可去了。

沒有超能力，靠那力量得到的所有一切也會消失，那麼，無依無靠的他們該怎麼生活下去？

這想法，時時困擾著他們。

所以說，讓他們挺身戰鬥的，不是善與惡。而是因為他們『迫不得已』。

開發麻耶與將能力的生島說，建立『緣屋』，是為了創造以他們這些超能力者為中心的社會。

麻耶當然打從心底不相信這名目有多大的真實性。

但可以確定的是，生島等人打算利用超能力者的力量，改變這個沒救的世界。

現在也只能相信這點、完成生島交代的困難『任務』了。

——麻耶這樣告訴自己。

3. 新的慘劇

當天放學後，那個『案件』將我逼入絕望的深淵。

平常這時候，我總是到綾乃他們的家玩，不過今天輪到我去圖書室值班，放學後，我便和綾乃他們說再見，往圖書室去。

現在回想起來，那就是我走霉運的開始。

去圖書室前，我一如往常準備打電話回家，報備大約幾點會到家。沒用手機的我，也一如往常的到燈山姊所在的校務員室去借電話。正在健身的燈山姊說：『叫你家裡買手機給你啦！』

說完，輕輕地彈了我的額頭。

『跟妳說不是他們不買給我嘛，不帶手機是我的風格呀。』

我邊說邊擦著額頭，在小按鈕的舊型電話上，按下我家電話號碼。

『你好，這裡是馳家。』

接電話的是大姊。

『啊，姊？我是翔啦。今天輪到我顧圖書室，所以會晚一點回家，大概在晚餐前到家。幫我跟媽說我要吃晚餐哦。』

我一口氣把要說的事情說完後，大姊不同於平常，陰沉地壓低嗓音說：『我問你，翔，你有做什麼壞事嗎？』

『啊？什麼壞事？』

『……就是會讓警方關切的事情。』

『妳、妳在胡說什麼？怎麼可能！』

對於大姊突然問了這種莫名其妙的問題，我有些倉皇失措，回答時聲調忍不住高了起來。

『我想也是。不過……』

『不過什麼？』

『……沒什麼，算了，等你回來再說吧。你盡量早點回來唷。』

『知道了啦……再見。』我說完後，掛上電話。

這是完全沒印象的誣賴。昨天、前天，甚至更早之前，我都沒有做過任何見不得人的事情呀。更何況是會讓警方關切的……

不對，等等，該不會是和綾乃他們有關？我並不是說綾乃他們做了什麼壞事，而是會不會是有人刻意針對他們……

『怎麼了，翔？發生什麼事了？』

燈山姊一臉疑惑的看著我。

我連忙笑著打馬虎眼，說：『不，沒什麼。燈山姊，謝謝妳借我電話。那我要去顧圖書室囉。』

我很不自然的敬個禮，飛奔出校務員室，往圖書室去。時間不到下午四點，圖書室裡已經空無一人。裡頭安靜得可怕。

又沒『客人』，根本就不需要人顧圖書室嘛。

『唉……無聊死了！還有三十分鐘才關門……』

我忍不住自言自語了起來。

『反正都要在圖書室度過放學時光了，不如找本書來看看吧？』

對了，看看有沒有關於超能力者的書，現在正是個好機會，我一直很在意科學家們怎麼解釋超能力，或者有沒有什麼國家級的研究機關。

『……哦，果然有。』

我在『總類』的書架上，找到了一本名為《超能力者》的書。

厚厚硬殼封皮的翻譯書，原作者是柯林．威爾森。（註❶）

『哦——學校圖書室也會擺這種書啊。』

我迅速拿下那本書，朝座位走去。

圖書室裡有好幾張大型桌子，椅子圍著桌子擺放，樣子有點像餐桌。學生們大致上是各自拿著自己有興趣或有需要的書，圍繞這些大桌子間隔著坐。每間學校的圖書室大概都是這樣子，公共圖書館也不例外。為什麼不能做得像教室一樣，一個人一張桌子、一把椅子呢？我想著這些事情，翻開深綠色的封面。

『《超能力者》？』背後突然傳來聲音。

我嚇了一跳，轉過頭，一個女孩子不曉得從什麼時候開始站在我背後，越過我的肩膀，窺著我的書。

是真翠紗耶加。

『真、真翠同學。怎麼了？如果妳有要找的書，我今天是圖書室工讀生，可以幫妳找……』

『沒關係，我只是過來晃晃的……嗯——這書好像很有趣耶，「超能力者」就是指有超能力的人嗎？』

真翠把臉靠過來，看著我的書。她飄逸的中長髮搔著我的臉頰。

我的心揪了一下，不禁想起稍早她說的話——

『幸好翔同學不是綾乃的男朋友……』

……那應該只是我聽錯了吧。我們根本很少交談啊，怎麼可能！

過了一段時間，我已經能夠冷靜分析整個情況了。

現、現在她卻這麼靠近……

啊——真的是！翔，你這個大笨蛋！你不是已經有綾乃了嗎！這個劈腿男……

話是這麼說，可是綾乃對我這種貨色而言，也是搆不著的高嶺之花呀！

『喂，我們一起回家吧。』

紗耶加這麼說，還突然拉住我的手臂。

『咦？不行啦，我今天要顧圖書室，時間還沒到……』

紗耶加有些得意地看著我驚慌失措的臉。

『沒關係啦，反正又不會有人來，回家也不會被罵。話說回來，最近好多可怕

的事件，這時間路上的人又少，我會害怕，你可以陪我一起回家嗎？』

『呃、嗯……好吧……』

好、好可愛……該怎麼說，從長相來說，她長得比綾乃有親和力些；綾乃因為有德國人血統，所以五官有點太過細緻……啊，我在說什麼啊？

我最近太得意忘形了！無論是綾乃或是紗耶加，如果以為她們會喜歡自己，那可就大錯特錯了！

這個世界上哪有這麼好的事？

我只是運氣稍微好一點而已，又沒有任何長處……

我的腦子裡開始想起有的沒有的事情。

紗耶加費勁的把我從椅子上拉起來。

『回家！』

然後自顧自地把我拉走了。

剛好，今天直通校門的水泥小路上沒半個人影，也沒見到有任何學生在校園裡嬉鬧。

『書！我還沒登記借書就把它帶出來了！』被紗耶加拉住手的我說。

『無所謂吧，』紗耶加說：『反正你是圖書館工讀生，明天再去登記不就好了？對了，我們去哪裡逛逛吧？看是車站前的麥當勞，還是要去便利商店。』

『嗯，我想一下……』

剛剛打電話說會晚點回家，就是考慮到自己會去哪裡殺殺時間再回去。

『走嘛走嘛！好不好？我想和你一起看那本書。』

紗耶加指指我夾在腋下的深綠色封皮的書。

『這本？裡面寫的是超能力哦，真翠同學有興趣嗎？』

『是啊。你對超能力方面的事情很懂嗎？』

『不，不是那種原因。』

就在我們聊著天來到校門口的時候……

『喂，翔！』

我看向叫我的人。看到對方的長相，我一時之間還想不起他是誰。因為他平常總是牛仔褲加T恤的打扮，冬天也差不多如此，這還是我第一次看見他整齊穿著西裝、梳好頭髮的樣子。

他是神近守，我大姊鈴繪的男朋友。

對大姊來說，會撿到這麼帥的男朋友真是太不可思議了，而我自己也只見過他兩、三次。一次是他來我家玩，另一次是在路上偶然遇到正在約會的他們。

我覺得他平常應該很忙吧，否則對我姊大概只是玩玩而已。

『神近哥……怎麼了？找我姊的話，她在家裡唷。』

看到姊姊的男朋友到學校來，原本想說些話酸他。

不過，神近絲毫不在意地說：『事實上，我今天不是以小鈴……啊，鈴繪小姐的「朋友」身分來找你的。』

『咦？』我心想，有話就直說吧。

這時，待在稍遠處的兩人走了過來。看來是他們三人一起有事找我。

這三個人當中，只有神近哥長得還算不錯，另外兩人的長相一言以蔽之，就是可怕。

『其實，今天，我是以少年課刑警的身分，有事來問你的。』

『刑、刑警……真的假的？神近哥，你是警察？』

我立刻想起剛剛打電話回家時大姊說的話。她問我是不是做了什麼會讓警方關切的事情——就是這麼一回事嗎？

『抱歉，一直沒告訴你。』

神近在意著在旁觀察的另外兩人。

『我就直接切入正題吧，你可以和我來局裡一趟嗎？我想問你關於昨天晚上發生的不可思議事件。』

『不、不可思議的事件？……』

該不會是条威他們，或是敵人又幹了什麼事吧？

『怎、怎樣不可思議？難道是有人燒起來，或是被吹飛出去？……』

我不小心說溜了嘴。

是海人的造火能力？還是小龍的氣功？

神近的臉色大變，另外兩人則是互相使了個眼色。

我也看向嚇得呆在一旁的紗耶加。如果她對我剛剛提到的超能力話題有興趣的話，待會兒又必須費一番工夫解釋了。

不過，現在似乎不是擔心這種事情的時候。

兩個長相兇惡的人之中比較年輕的那位，突然推開神近逼近我，以恐怖駭人的聲音逼問道：『再說清楚一點！』

『請、請等一下！他還是青少年，才十四歲而已，這樣會嚇到他……』神近說。

這傢伙果然一如外表看起來，是個好人。

『現在是說這種話的時候嗎？』

年輕的兇惡男則是和神近哥完全相反的討厭傢伙。

『這可不單純只是少年課程度的犯罪啊，已經有人死了喔！而且她還在警察局的偵訊室裡，當著你的面，嘴裡說著這小子的名字！』

『……什麼？這是怎麼回事？喂，神近哥？』

『請等一下，抱歉，既然他是我認識的人，請讓我自己告訴他。』

神近哥以低姿態切進年輕兇惡男和我之間。

『聽好了，翔，你冷靜下來，我自始至終都不認為你和這事件有關，所以你冷靜聽我說，然後和我走一趟局裡，把你知道的全部告訴我，可以嗎？』

『……』

我的心臟劇烈鼓動著。劇烈鼓動，我只知道要用這個字眼，總之就是一種的緊張感，讓人急躁、焦慮，催促著人快點逃走。

『你可能會覺得難以置信……』

先來一段開場白讓我有心理準備之後，神近哥開始約略地說起昨天夜裡發生的慘劇。

『最近，這附近有不少和你差不多年紀的孩子陸續失蹤，他們都是家庭狀況有問題的孩子，因此我們少年課認為，或許只是剛好都選在這時候離家出走吧。可是昨天晚上，我們尋獲其中一名少女，奇怪的是，我們找到她的時候，她的身邊有數名不良少年包圍著，而不良少年們全像遭到大猩猩攻擊般倒地不起。』

大猩猩攻擊？念動力？……

『總之，我們判斷是某人要幫助少女，結果反擊得太過猛烈而逃走了，可是事實似乎不是如此。』

『怎麼說？』我問。

一定是那名少女的傑作，她絕對是超能力者。

『接下來的事情，我們到局裡再說吧。』

神近有所顧忌的看了看兩名煩躁不已的兇惡警官。

『我不去。』我說。

胸口依然劇烈鼓動著。但是我也打算聽完詳細經過，否則不會離開。

這些事情對前陣子的我來說，只是莫名其妙的怪事，然而對於現在的我來說，只要一聽就能想像那是什麼狀況、是什麼『能力』造成的。

因為我曾經親眼見識過猛丸驚人的超能力，所以我無論如何都想聽完整件事情。我想現在就在這裡把狀況搞清楚。

『請在這裡把詳細經過說完，否則，我不會跟你去警察局。』

『是、是呀，翔同學。雖然我不明白是怎麼回事，但這是誣賴呀！絕對不可以跟他們去，再說我們也不知道這些人到底是不是真的警官。』

紗耶加的怒火好像有點離題了。

不過聽到她這麼說，我覺得心情比較沉著下來了。

……啊，對不起，綾乃……噢，都這種時候了我還在想什麼！

『讓我把整件事說完，可以嗎？讓我們站著說。』

神近嘆著氣，同時問另一個看起來像大叔的兇惡警官。

兇惡的警官大叔默默點頭。

神近再度開始說：『少女受到當時路過的警官保護，後來在局裡的偵訊室待了兩個小時，原本以為不管我問什麼她都不會開口，但她卻突然說……』

神近哥接著說的話相當具衝擊性。

少女說，把不良少年們打個半死的人是自己，而且她看來好像惡靈附身般，嘴裡說著些莫名其妙的話——

『你不相信也無所謂。我啊，可是得到了強大的力量喲，強大的力量……』

神近哥走近翻白眼顫抖中的少女，伸手抓住她的肩膀。但是，不知哪來的『力量』把一百八十公分的他彈到兩公尺遠，然後不誇張，少女的臉像氣球般膨脹，最後只清楚地低聲說了我的全名『馳翔』，脖子以上的部位就像西瓜摔落地面，整個爆開。

『……』

我無言以對。這種感覺像超級血腥暴力電影情節的事件，我當然很清楚和自己沒有關連！

可是，這樣的話，我的名字為什麼會出現？

神近哥再度深深嘆息。

『……或許你無法相信，但我剛剛說的事情，就是活生生的發生在我面前。原本這不應該透露給一般人知道，更別說是未成年的你，可是，因為實在太不尋常了……加上之後發生的事情……』

『之後發生的事情？』

『是啊……少女的屍體消失了。在我離開偵訊室去求救的幾分鐘內，少女的屍體不見了，連一滴鮮血都沒留下。』

『……』

太不尋常了！這一定是超能力者所為，要不就是那名少女，要不就是那附近有人使用念動力。

我突然想起猛丸。

要是他的話，的確有可能辦到。那個能夠摧毀整座體育館的猛丸。

……不對，人是活的東西，體育館是老舊建築，兩者不同。

以前海人也說過，他的造火能力要燒掉東西很簡單，卻無法使人燃燒，除非是燒自己。

常聽見的『人類自燃事件』，就是因為自燃者本身其實是造火超能力者，卻不小心燒到自己的關係。

由同樣道理推測，少女的頭會爆開，也是少女自己造成的。

『夠了吧，神近巡查（註❷）？』

年輕的兇惡男說完，便抓住呆呆站在原地的我。

『走吧，我們已經按約定告訴你來龍去脈，連平常不可能會提的也說了，來局裡一趟，換我們問你話了？』

不要！我不想去！

這一刻我真的這麼想。

你們放開我！消失吧！

然後就在這瞬間……

『呃啊！』

年輕兇惡男發出慘烈的呻吟，同時被彈飛了五公尺遠。他撞上電線杆倒下。

『……咦？』

即使距離很遠，還是看得出來那位警官的腦袋凹陷了一大半。轉眼間，他已經倒臥在血泊之中。

怦怦！我的心臟狠狠地跳了一下。

……他死了嗎？就這樣當著我的面……

怎麼會？

另一位年長的警官還不曉得發生什麼事情，顯得驚惶失措。

神近哥稍微冷靜下來，弄清楚整個狀況後，對我說：『這……是你幹的嗎？』

我搖頭，拚了命地搖頭。

不是！絕對不是我！……

我才不是什麼超能力者！

我……

『快逃吧！翔同學！』

我聽到有人叫道，然後對方拉住我的手開始跑。

啊！真翠紗耶加，我忘了她也在。

我的腳莫名其妙也跟著動起來。

我和紗耶加一起逃了。

感覺沒有人追上來。

拜託，別追我！

我真心誠意的祈求著。

如果剛剛……『殺了』那名年輕警官的，真是我……

我等一下搞不好會失手殺了鈴繪大姊的男朋友、神近哥你啊——！

我一邊想著不該去想的事情，一邊跑著。

我和真翠紗耶加死命地狂奔，彷彿惡作劇被抓到的小孩子一樣……

註❶：《The Psychic Detectives（超能力者：超能力與超感覺的世界）》，作者Colin Wilson。

註❷：日本警官階級最低階。

4. 逃亡者・馳翔

這一個月，燈山晶已經戒菸了。

香菸會奪走人的耐力，讓大腦缺氧。只在國中當個工友的話，沒必要注意這些事情，不過現在不一樣了。

她現在每天花一個小時以上的時間，鍛鍊遲鈍的肌肉與反射神經。

此刻她正在校務員室裡，拿著20公斤的啞鈴，反覆著嚴酷的重量訓練。

當她還是特務機關成員的時候，就必須接受這種無分男女的獨特訓練課程。

剛開始的時候，會全身肌肉痠痛，隔天早上連起床都有困難，但習慣之後，反而想戒也戒不掉。

還需要費點工夫才能恢復到當年的高峰期，不過，最近差不多所有訓練目標都達成了。

一個月前突然出現的超能力少年們，讓燈山的生活為之一變。

她沒想到隨便答應下來這份不相稱的工作，竟然會帶來這樣的邂逅。

這也算是命中注定吧？

或者是某人在某處做出的『安排』呢？

現在想來，被趕出特務機關後，指示她進這間桔梗之丘國中工作的人，正是燈山過去的直屬上司。

警視廳非官方機構『危機管理特務部隊』——簡稱『危管隊』。政府並沒有公開承認該組織的存在，是個秘密的組織。

五年前，就讀警察學校的燈山晶原本打算當警察，後來因為上頭看中她資質優異，她便休學加入『危管隊』，成為特勤搜查官。

從那之後三年之間，活躍的表現讓她成為『危管隊』的王牌。

這樣優秀的燈山，為什麼會退出『危管隊』、進入普通國中當工友呢？

起因於三年前的一起事件。

當時，警視廳的三名警官為了調查十二到十六歲少年、少女相繼失蹤的案件，卻音訊全無，上層假定可能是警察內部消息走漏，因此派燈山等『危管隊』的特勤搜查官前往追查三人的行蹤。

然而，這回卻連『危管隊』的隊員也失蹤。後來相關單位認為這起失蹤案的原因是『綁架』。

而且，在隊員遭綁架事件的調查過程中，所蒐集到各式各樣的條件都顯示，洩漏情報的人是燈山。

最後因為沒有決定性的證據能夠證明燈山就是叛徒，因此最嚴厲的處分，也只能將她逐出『危管隊』，並限制她能夠工作的地方，不准她進入一般企業就職。

在她的前上司——『危管隊』隊長佐佐木京介的介紹下，燈山擔任起現在這份工作。

燈山也曾質疑過像自己這麼能幹的人，為什麼要到國中擔任工友兼警衛，不過因為當時燈山正處於極度失意之中，沒有深思便答應了這份工作。

『呼……』

燈山將啞鈴拋到榻榻米上，仰身躺下。

『該不會是「佐佐木先生」在暗地裡操控什麼吧？……』

她不自覺地說出心裡的疑問。

不，怎麼可能有這種事？

她連忙否定了自己的想法。

那些超能力少年出現在這裡，一定只是巧合罷了。

『是……巧合嘛……』

她重新思考起，能夠預知這個巧合的人究竟是神還是惡魔？或者是……當真条威？

她用力坐起身，攤開毛巾擦擦汗。

『應該不太可能吧……』

她自言自語著，一面脫下汗水濕透的T恤。

那群超能力少年如果走上歧路，必然會帶來麻煩。

只有兩種方法：繼續隱瞞下去，或者選擇以正確的姿態面對世人。

如果有『某些人』想要在這兩種方法之外的用途利用超能力少年，無論如何也只有盡力阻止了。

因此，儘管曾經遭受失意與屈辱，還被踢出門，最後雖然只是兼職，但她還是回到了『危管隊』。

『燈山姊！』

門口突然傳來叫聲，同時有人激烈地敲著門。

『誰？』

『我是条威！』

『我現在正在忙，你等一下……』

燈山慌張地找衣服穿。

『我開門了！』

『呀啊！你、這……』

燈山的上半身還是全裸狀態，門卻被打開了。

她像個女孩子般尖叫出聲。

『哇！對不起……』

条威也不好意思的轉過身去。

『王八蛋！再怎麼說我也是女的吧！哪有人一下子就把門打開的！』

『……對不起，因為我心急……』

『你有預知能力又有讀心術，說什麼傻話啊，真的是……』

燈山隨便套了件T恤，從後方戳戳条威的腦袋。

『怎麼樣，你有什麼急事？』

『我……看到了。』

轉過頭的条威臉上，出現難得一見的不安神色。

『看到？看到什麼？』

『他們開始行動了，就是上次我說的「某些人」。這次看得很清楚，好像原本鎖上的門已經打開了一樣……』

『你說什麼？……』

『翔他……』

『……什麼？』

条威的話還沒說完，燈山已經當場開始換衣服了。害条威不曉得一雙眼睛該往哪裡擺。

燈山對他怒吼，『你還杵在那幹嘛？快去把其他人找來啊！我們去找翔！』

在似乎快要倒塌的破爛小屋中，我抱著膝蹲坐在地上。

一個月前，綾乃帶我來過這裡，就在這間木造白鐵皮屋頂的臨時小屋，我認識了小龍與昏睡中的条威。

20kg

在我身旁是一起逃過來的真翠紗耶加。

我也不知道自己為什麼會逃到這裡來。只是因為我也沒有其他地方可去了。

當然不能回家。

我也想過去綾乃他們家，但又覺得很危險。

這樣一來，不僅會把他們捲進來，在鎮上遊蕩，還會遇上警察關切。

啊啊，感覺自己好像個罪犯。

說起來，搞不好我真的是個罪犯。即使法律上沒辦法制裁超能力，但如果殺了剛剛那名警官的人真的是我，那我就是殺人犯了……

『唉……』我抱著頭，用力嘆氣。

應該不可能吧，一定是哪裡弄錯了，或者是誰設下的陷阱。我稍微冷靜下來之後，想到了這點。

我又不是真的『念動力超能者』，因為現在，甚至是此刻，我試了很多次——『門啊！打開吧！』或者『躺在那裡的石頭，飛過來吧！』——卻沒有半點動靜。

我怎麼可能連手都不碰到，就把人打飛五公尺遠，還讓對方撞上電線杆、殺了對方？我怎麼可能做出這麼恐怖的事？

……啊，我回想起剛剛的場面——噁！有點想吐……

『翔同學，接下來你打算怎麼辦？』紗耶加對我說。

她天生就這麼樂觀嗎？怎麼一點也不怕的樣子？

一個警察在她面前被看不見的力量打飛，頭撞爛死掉，如果我是她的話，光看到這樣我早就嚇得發抖大哭、不知所措地飛奔回家，跑到床上躲進棉被裡了。

『怎麼辦……跑回家的話，警察說不定會找上門來……』

我忍下湧上來的吐意說。

『可是，也不能老待在這裡吧？』

『話是沒錯……』

『對了，不如暫時先躲在這裡，我送食物來給你，怎樣？』

『躲在這啊……』

環顧四周，地上散落著草蓆、成堆的舊報紙，木頭地板潮濕腐爛到看來會被踏穿一個洞，不過把報紙鋪平躺上去的話，還是能睡。

『唉……』

我又再度嘆起氣。

一個月前，我還在同情逃亡的綾乃他們，這回卻變成我淪落至此。

……啊，對了，綾乃他們呢？不曉得他們在做什麼？也不曉得他們有沒有發現我遇上這種事情？

對喔，有条威在，不可能沒發現。

他們或許會來幫我。

不，一定會來救我的！

因為我們是夥伴啊。如果我真是超能力者的話，這次真的……不對，如果我真是超能力者，那我就是殺人犯了……

我不發一語，來回踱步。

紗耶加都看在眼裡，她說：『沒事的，我站在翔同學這一邊。』說完還搖了一下我的肩膀。

『為什麼？』

我開口說出湧上心頭的疑問。

『為什麼妳站在我這邊？我和妳只是同班同學，今天也只是碰巧在圖書室裡遇到，所以一起回家罷了……』

『不行嗎？我不能站在你這邊嗎？』

『也不是不行……應該說我很高興，可是總覺得有點怪，到底為什麼？』

『因為我一直很在意翔同學你啊。』

聽到她這麼說，我想起上次她在我耳邊說的話。

幸好翔同學不是綾乃的男朋友——就是這句話。

她應該不可能真的喜歡我吧？未免太不真實了。

我和她沒說過幾句話，再說，她可是風雲全校的美少女，我不認為自己有什麼魅力讓她煞到我。

『而且，你不覺得很興奮嗎？』

『咦？』

『警官找上門，而且還在我們面前飛出去，好炫喔！』

『竟然說好炫……』

我的立場可不適合說這種話呀！

『我覺得每天都好無聊喔，和你在一起的話，搞不好會遇上更有趣的事情……啊，這麼說會不會讓你很困擾？』

『不，隨便妳，我無所謂。再說這樣子也比只有一個人強……可是，剛剛的警官會變成「那樣」，可能是我害的、是我造成的……』

『如果真的是那樣，那翔同學超厲害的！』

『什麼？』

『因為那樣的話，翔同學不就是超能力者了嗎？就像那本書上寫的。』

紗耶加一臉雀躍不已地指著我抱在懷裡的深綠色厚書。

我不小心把書也一起帶來了。

『真是超厲害的，翔同學簡直就是超人了！』

『可、可是，如果剛剛真的是我的力量，那我不就殺人了？』

『你又沒打算殺他，對吧？』

『話是沒錯……』

『所以，這只能算是意外嘛。有人要抓你，然後你把他推開叫他滾，結果剛好有卡車過來，輾過了對方——就是類似這種狀況。』

『這樣不算殺人嗎？』

『我覺得不算耶，錯的是那個警察，你明明什麼事都沒做，他卻想要抓你。』

『我不能確定我什麼都沒做。』

『因為警方告訴你，你才知道那名死去女孩的事情，不是嗎？』

『話是沒錯，不過對方好像知道我。』

應該是吧，畢竟那女孩在臨死前叫了我的名字。

『既然這樣，翔同學更是跟整件事情一點關係也沒有呀！你又不像電視連續劇演的有「雙重人格」、在自己不知情的時候做了壞事，所以根本不可能嘛！』

雙重人格？我呆了一下。

這也不無可能啊。

不僅是綾乃他們，連条威都說我有超能力。如果這是真的，那麼，這或許是連我自己都不知道的『另一個我』的力量。

要是真的有『另一個我』使用超能力做壞事，一切就說得過去了。

這麼說來，我重新回想了一下，有些時候我的確不記得自己曾經做過什麼事。

也許我只是單純忘記了吧。況且，如果要仔細說三天或一個禮拜之前，放學後到回家這段期間做了什麼事，不見得每個人都答得出來。

可是，我還是覺得有點恐怖。我突然開始弄不清楚自己究竟是誰了。

我站起身，企圖擺脫這些想法。

『我還是決定去警察局一趟。』

『咦？為什麼？』

『去找警察，把我知道的事情全部說出來。如果這樣也會被逮捕的話，那我就認了。』

『我覺得警察逮捕不了你，因為他們連你的手都碰不到呀，我剛剛可是看得很清楚喔，我可以作證。』

『說得也是……』

紗耶加說的話的確合理，警方沒辦法依據現行法律將我逮捕，再說，就算真進入審判階段，也無法因為我使用超能力殺人而判我殺人罪，把我關進監獄。

『對吧？你要理直氣壯一點啊，你很棒耶！擁有超能力，等於比一般普通人還優秀啊！』

『……』

『我站在翔同學這邊，因為翔同學是很厲害的人，呀啊——！人家好興奮哦！』

看著紗耶加，我忍不住嘆了一口氣。我覺得她興奮的時機完全錯了。

是這樣嗎？超能力者真的有比普通人優秀嗎？

我所認識的正牌超能力者，每個看來都很辛苦，他們想過正常的生活，卻辦不到。說起來，那樣的人生應該算不幸吧。

譬如猛丸，他和我對戰時——話是這麼說，但是我什麼都沒做——因為吃下大量莫名其妙的藥物失控。那也是因為他的心靈受過創傷，才會有這樣脫軌的行為。其他人也不例外，成長過程中各自有過不平凡的遭遇。如果他們的特殊能力正是為他們帶來『悲劇』命運的根源，那麼，身為超能力者真的太可悲了。

我不認為超能力者是被挑選出來的優秀人種，也不認為他們是進化後的人類。應該比較像我曾經在哪裡聽說過的吧——正因為兔子是軟弱的動物，所以牠有長耳朵，能夠清楚聽到遠處的聲音。

『總、總之，我先回家一趟。如果警察跑去家裡問東問西，我媽媽和姊姊她們會擔心的。真翠同學，妳最好也回家去……』

就在我話還沒說完的時候——

『馳翔小弟，你在裡面吧？在的話麻煩你出來！』

小屋外傳來擴音器的聲音。

放學後的桔梗之丘國中，只有工友燈山晶和条威等人集合在此。

時間已經是晚上六點了，不過六月太陽比較晚下山，周圍還很明亮。

但是燈山估計這次行動會延續到半夜，因此準備了足夠數量的手電筒，還有一些營養口糧，以及方便行動的大型腰包。

『就是這麼一回事，各位清楚了嗎？』

燈山將裝備發給四名超能力者，自己一邊將腰包掛在腰上，一邊邁出腳步。

『根據条威的千里眼，翔似乎穿過已開發區進入山裡了，我們得分頭行動，盡早找到他。不快點的話……會怎樣，条威？』

『我還沒辦法具體說出會發生什麼事情，但是，將會發生無可挽回的狀況，這點是我能夠確定的。』

『無可挽回的狀況？』

『是的，翔恐怕會成為我們的敵人。』

『翔會成為敵人？』

『這股討厭的預感一直從「打開的門」的另一端傳來。』

寓言式的說話方式雖然難懂，但条威他已經一五一十地說出預知能力感覺到的答案了。

燈山還是怎樣也不能理解条威話裡的意義。

翔又不是超能力者——不論別人怎麼說，燈山仍堅持自己的想法——所以他說翔會成為敵人？這到底是什麼情況？意思是，翔身上會發生某件事情？

然而，条威的『預言』卻預測不出是什麼。

『我剛剛打電話到翔他們家去，是他媽媽接的，翔果然還沒回家……』綾乃擔心的說。

『看來一定是出事情了。』小龍說。

『不管夥伴出什麼事情，我們都會出手！反正整件事情一定跟「綠屋」脫不了關係！』

海人憤怒的能量已經變成熱氣噴出，他的四周劈里啪啦地燃起火焰。

『你說對了，所以我們必須行動。』

条威說完，快步走出校門。

其他四個人也跟在他的後頭，離開即將被黑夜籠罩的學校。

他們一定會來。那四名超能力者一定會沿著這條路追蹤馳翔而來。

生島荒太這麼確信著。

對方是擁有天才超能力的當真条威，他一定早就預知到馳翔出事了；而那名跟他們一起行動的女人——燈山晶，還是『危管隊』的一員。

『聽好了，絕不能讓那五個人找到馳翔，特別是条威，你們要小心點。』

『囉唆，生島，接下來沒你的事了！』

百百路樹潤說完，雙手插進口袋裡飄上半空中。天宮將也輸人不輸陣，施展連續瞬間移動，飛上比百百路樹潤更高的上空。

『已經看得見他們了。』曉塔夜閉著眼睛說：『他們到了距離森林三百公尺遠的地方，由条威哥帶頭，後面跟著海人哥、綾乃學姊、小龍，那個名叫燈山的女人也和他們一起……咦？那女人拿著「農夫」專用的麻醉槍，她該不會以為拿那種東西就能擊敗我們吧？呵呵呵……』

『……在地底沉睡的……就是現在……為了吾輩……撼動……』

一色冬子帶著失焦的眼神，喃喃低語著什麼咒語。

——將，你那邊情況怎樣？——

將的腦子裡收到麻耶使出心電感應傳送來的影像與聲音。

——這邊搞定了，不過……心裡總覺得不舒服，感覺只是乖乖聽從指示，根本不知道接下來會怎樣……——

『現在說這些話已經來不及了吧？戰爭都開始了。我們的任務就是阻止他們！』

將說完，便鎖定遠處走來的海人，如幻影般消失身影。

『馳翔小弟，你聽得見吧？我們知道你在那間小屋裡！請你出來！是我啊！我是神近！』

外頭的聲音響徹整間破爛小屋，嚇得我差點跳起來。

神近哥來了，就在外面。

我從到處是破洞的毛玻璃往外看，發現距離這裡數十公尺下坡處的草叢裡，有好幾個警官戴著白色安全帽躲在那裡。

神近哥就站在那群警官的最前方，手裡拿著擴音器。

『警察來了？不好了！他們一定是要來抓你的！』

紗耶加說完，躲在我身後。

『這樣正好，我出去，反正我本來就打算要去警察局。』

我用手摀著胸口，試著讓自己平靜下來。

不管發生什麼事情，我的情緒都不能太激動，如果我真的是超能力者，搞不好又會引發剛剛那種情況。

『不行！翔同學！不可以出去！太危險了！』紗耶加大叫。

『不會有危險的，那個名叫神近的警官是我大姊的男朋友，只要我好好說明，他一定肯聽的。』

『什麼？』

『可、可是，你仔細看！其他警官都拿著手槍啊！』

不會吧？我心想，一面從窗玻璃的破洞窺視外面。

正如紗耶加所說，十名以上的刑警大隊，每個人的手上都拿著手槍，而且他們可不是普通的制服警察，而是拿著金屬盾牌的霹靂小組。

『不會吧？我是做了什麼……』

話還沒說完，我呆在原地，想起那個被看不見的怪力彈出去撞破腦袋的警官。

我還是無法相信那是我的力量所為，但如果當時的另一位警官這樣想的話，我當然會被他們視為具高危險性的怪物。

所以，他們當然不可能空著雙手來，手槍是一定要帶的。

我瞬間失去血色——被打到的話會怎麼樣呢？他們不可能瞄準我的腦袋或心臟吧？砰地一聲，子彈在身體的某處開了個洞，噴出鮮血，接下來一定會感受到一股燒灼的疼痛……

然後……然後……

我的腦子裡開始出現一些不應該去思考的慘烈畫面。

啪！門突然被人踢破。

『哇！』

我轉過身。映入我眼簾的是手裡拿著槍的霹靂小組。

『呀啊～～～～！』

紗耶加躲在我身後大叫。

『不准動！』

霹靂小組的組員對我們吼著。

同時，闖進來的數名霹靂小組成員，全都舉起槍來對著我和紗耶加。

我的腦漿瞬間沸騰。我搞不清楚到底發生了什麼事，只感覺到憤怒、恐懼、驚嚇在零點一秒間竄遍全身。

我不要！我不想死！

這些傢伙是怎樣?!

全給我滾開！

全部消失！

『唔！』

我聽到肚子挨揍般的呻吟聲，發出聲音的是霹靂小組的成員。

啪嚓！鏗鏘！

伴隨著木頭斷裂與玻璃碎裂的聲音，四、五名強壯的霹靂小組成員撞破背後的牆壁與玻璃，和眼前的牆壁一同飛出外頭。

男人像慢動作一樣誇張地飛向半空中。

有人的臉上充滿了害怕、驚恐、不知所措的表情，也有人已經翻白眼、失去意識。

我呆呆地佇立在原地。

確定了……我真的是超能力者，而且是能夠將人類擊飛、靠念力殺人的超強『念動力超能者』。

一個月前的景象清楚地回到我眼前……

和麻耶對戰時，一遇上危機，卡車就飛了過來。

與將對戰時，突然吹來一陣大風幫忙。

『農夫』們瞄準我們射擊的麻醉槍子彈，全部射偏。

然後還有猛丸，他失控的念動力毀壞了整座老舊的木造體育館，我們卻平安無事地待在坍塌下來的瓦礫堆中，因為這『萬分之一的好運』而撿回一條命。掉落的瓦礫形成圓頂狀的洞穴，彷彿在保護我們。

那時，我就在懷疑怎麼會這麼剛好，遇上一連串的奇蹟。

果然，那些不是奇蹟！那些全都是我馳翔的念動力造成的啊！

『攻堅！』

我聽到小屋外有人下令。

來了！警官要來殺我了！

拿著槍要來殺我這個怪物念動力超能者了！

我的腦袋慌亂得一片空白。

『從這邊出去！』

紗耶加站在被擊破的牆壁開孔處，對我揮手叫喊。

『快逃啊！翔同學！我們一起逃！』

我終於只能選擇聽話了。

5. 對戰揭幕

『來了！』

条威的語氣聽起來相當強硬，和平常不同。

『小心上面！海人，天宮將的目標是你！』

条威的話還沒說完，天宮將已經從海人頭頂上出現的『次空間』現身。

『受死吧！』

將手拿木刀揮向海人的腦袋。

海人早就聽到条威的預言，早一步知道將要襲擊自己，而放火迎擊。

轟！是個扎扎實實的大爆炸。

超能力在這一個月內有了大幅度提升的海人，渾身包裹在巨大的火焰中，對將反擊。

將閃過火焰，再度使出瞬間移動。接著，他出現在十公尺高的上空，俯視海人他們。

『前面可是地獄唷！不想死的傢伙，快退回去吧！』

將的臉上掛著毫無懼色的笑容。

『動手吧！大家散開！這次要來真的了！』

条威一邊說，一邊向前跑。

『等等，条威！』

『条威哥！』

綾乃與小龍也跟在他後頭追著。

『小龍，你跟我一起去找翔！你用搜尋地面殘存「氣」的能力！』

条威對並肩一齊跑的兩人說。

『是！交給我！我記得翔哥「氣的味道」，一定能找到他！』

条威點點頭。

『然後，綾乃，妳半路脫隊，使用「靈魂出竅」，我有事情拜託妳！』

『儘管說！我應該做什麼？』

『我需要妳幫我找幫手。』

『幫手？』

『是的，我現在告訴妳去哪裡找誰，能夠救翔的只有他了。我的預言是這樣告訴我的。』

將靜止在十公尺高的空中，俯看著留在原地的海人與燈山。

將臉上無所畏懼的詭笑，讓燈山戰慄。

這是燈山第二次見識到將的能力。然而連燈山也看得出，將的超能力遠遠超越了過去的程度。

即使燈山不是超能力者，也感覺得到將身上陣陣驚人的超能力能量。

『海人！你一個人，沒問題嗎？』

燈山一邊舉起麻醉槍瞄準空中的將，一邊大聲地問海人。

『快走！燈山姊！那個怪物可是瞬間移動超能力者，妳的槍一點用處也沒有，妳在這邊反而礙事！』

『那好！這裡就交給你了！』

燈山也跟著跑出去，去追条威他們。

『那麼，就剩下我們一對一了，將？』

海人抬望向夕陽滿天的天空。

將反覆施展瞬間移動能力，盤旋滯留在十公尺高的半空中。

『呵呵呵，很有自信嘛，海人。』

『嘿，我現在的能力和你可是天差地別哦，不想死的話就快閃開！』

海人一邊說，一邊抬頭看著空中的將。

為了應證自己的這番話，海人像在炫耀般展現造火力，他的全身瞬間被數千度的熊熊火焰包圍。

『別靠過來啊，將，會燙傷唷。』

但將仍舊自信滿滿。

『哼！你以為只有你的能力變強了嗎，海人？我警告你，我也不是一個月前的我了，我的能力已經提升到連我自己也不敢相信的地步。一切都是多虧了這個藥的關係。』

將從口袋裡拿出隨身藥盒，將幾顆藥塞進嘴裡嚼了嚼。

『比如說，我現在可以這樣！』

不過一眨眼的時間，將的身影就消失在半空中，接著差不多同時，海人的頭頂

立刻出現巨大的一團海水。

將不曉得從哪裡搬來了大量的海水。只要被他摸到的東西，都能跟著瞬間移動。這也正好證明了將的能力有了長足進步——連水這類無法以手捕捉的物體，也能瞬間移動。

而且，他還一次搬來了重約數十公噸的量。

『什麼?!』

『冷卻一下你的腦袋吧！火球渾蛋！』

將低頭看著嚇得呆立在原地的海人說。

海水從三十公尺高的上空送出，因為風壓的關係而展開成手掌狀，襲向海人。

『！……』

逃不了了！再一秒鐘，就會被海水淹沒。

吃上這一記，可不會那麼簡單就了事。海人受到海水重力加速度的攻擊，一定會昏迷……不，恐怕連小命都會不保。

『我贏了！』

將很確定自己獲勝了。

就在這時候——

轟！

隨著爆炸聲，眼前一片白。數千度的高溫將海水瞬間蒸發，造成水蒸氣爆炸。

『唔哇啊啊啊啊！』

這回，換將受到了高溫蒸氣的包圍。

來不及瞬間移動的將，應聲被捲入爆炸之中。

再這樣下去，他會直接撞上地面。

將試著以僅存的意志施展瞬間移動。

只是，一切都太遲了，將的身體直直墜落。

為了遠離海人的火焰而待在空中，反而讓他面臨致命的危機。

完了！將在心裡想著：死定了！

快接近地面時，水花濺入將的眼睛。他心想，那裡就是我的葬身之地吧？

才這麼想，下一秒鐘，水花又再度發生了蒸氣爆炸，那股爆風減緩了將墜落的速度。

撞上地面後，將失去意識。但這墜地的衝擊並不足以奪走他的性命。

是海人引爆水蒸氣，救了將。

將橫躺在因高熱而乾枯的地面上，海人手插進口袋走近他。

『我才不會讓你死，將。』

海人扶起失去意識的將的肩膀。

『同樣身為超能力者，卻互相打殺，這樣不是太蠢了，你說是吧？』

海人扶著將，視線望向夥伴們所前往的方向。

『我這樣做可以吧，条威？』

海人對著或許正在某處以千里眼觀望的条威低聲說。

我氣喘吁吁地狂奔著。

這還是我第一次跑在沒有道路的山林中。我的手被小竹葉割傷，還差點被腳下傾倒的樹木絆倒。

但我仍然沒有停下腳步。

如果警察追來的話，如果他們又拿槍對著我的話……

我或許會再度施展念動力，或許會在無意中殺了人。

我邊跑邊想，不知道剛剛的霹靂小組成員怎麼樣了？

雖然說那間小屋很破，但是撞向牆壁飛到外頭去，應該不可能沒事吧？

或許我又殺人了。

我到底該怎麼辦才好？就算我向警方自首，我的能力也可能擅自發動——不，如果真的是這樣倒還算好，我只怕會有更可怕的情況發生。

搞不好真的像紗耶加剛剛講的，我其實有電視連續劇中常見的雙重人格，另一個我用念動力殺了人，撞碎警察的腦袋讓他死掉，就連發生在那個少女身上的事，也是我……

『翔同學，已經沒事了，他們好像沒追來。』

紗耶加突然從我身後抓住我的手臂，我差點摔倒。

對喔，她還和我在一起。

我轉過頭看了看遠處的情況。

……看來好像沒人追來。

大概是因為太陽下山了，也可能是剛剛的情況太恐怖，讓警方打退堂鼓了。

『妳還是回家吧。』

我和紗耶加一起坐在倒下的樹幹上，我一邊喘著氣，一邊開口。

我說完，把臉埋進雙膝之間，感覺整個人筋疲力竭。

事情為什麼會變成這樣？

追溯起來，一個月前綾乃闖入我房間的那個晚上，就是一切的開端。

從那之後，所有的事情都改變了，而這些改變，我一直認為是好的、正面的，不過卻是大錯特錯。

我沒想到會演變到這種地步。

雖然不是有心的，但是我可能殺了人——我愈來愈厭惡這樣的自己，真想就這樣躲在這裡一直到天荒地老。

『快走啊！快回家去！』

『我怎麼可以回去？事到如今，我怎麼能夠丟下你不管？』紗耶加說。

『為什麼不行？妳剛剛不也看到了？我搞不好是恐怖的怪物啊！』

沒錯，假如我真的有雙重人格、會突然發飆的話……

『我可能會突然發狂殺掉妳……所以，妳最好還是快點逃吧……』

『不要！』

紗耶加把身子貼近我。

『我好不容易才遇到你這個好「夥伴」，我想和你在一起嘛！拜託讓我跟著你！』

『夥、夥伴？』

我一頭霧水——這傢伙在說什麼啊？『夥伴』是什麼意思？

該、該不會……

『妳也是……超能力者？』

『……嗯，當然我的能力不像你那麼厲害，我只有這種程度而已……』

紗耶加說完，便閉上眼睛。

接著，原本不知道躲在何處的松鼠、野兔紛紛現身，小心翼翼地聚集到紗耶加的四周。空中傳來了振翅聲，連小鳥都飛下來，降落在她的肩膀與膝蓋上。

『這是……聚集動物的能力？』

『是的，很可愛吧？我還能和牠們說話喔！』

『哦——好驚人喔，該怎麼說，這是很棒的超能力呢！』

『是嗎？謝謝。』

紗耶加站起身，和集合過來的動物們嬉戲。

『有沒有什麼地方或國家，聚集了像我和你這樣擁有超能力的人呢？如果有就好了，這樣一來，我們不必隱藏自己的能力，即使讓其他人知道也不用在意，更不會像剛剛那樣被人拿著槍威脅、追趕了。』

『……嗯。』

我突然想起綾乃他們說過的『綠屋』。

當我不知道自己擁有超能力的時候，我認為那個恐怖的地方聚集了一群打算做壞事的傢伙，我還記得自己也這麼對猛丸說過。

可是，當我知道自己也和他們相同，要我上普通學校、生活在普通人之間，就令我不安。

如果被大家發現的話——

如果必須一直懷抱著這種不安的情緒生活下去，不如去投靠想利用我們能力的那群傢伙，在那裡和同樣是超能力者的夥伴們一起行動……

『！……』

我連忙搖頭。

我到底在想什麼?!

想清楚綾乃他們為什麼要逃離『綠屋』啊！

他們不是說過，那地方根本就是監牢！

再說，我會遇上這一切，搞不好正是『綠屋』那些『農夫』動的手腳！

沒錯！一定是這樣！

我不是還有其他四個擁有同樣力量的夥伴嗎？

不對，加上約好要當朋友的猛丸，以及在這裡的真翠紗耶加的話，我身邊就有六位超能力夥伴了。

啊，對了，差點忘了，把綾乃他們的事情也告訴紗耶加吧！這樣一來，所有孤單的想法一定會全部變成快樂的。

『真翠同學，其實条威與綾乃他們，也和我們兩個一樣……』

話說到一半，我發現紗耶加的眼神落在遙遠的彼端。

她的樣子像在恐懼著什麼。

『怎麼了嗎，真翠同學？』

『動物們看起來很害怕。』

『咦？』

我這才注意到，的確，動物們此時都進入了戒備狀態，朝著同個方向看。那邊到底有什麼？

才想到這裡，下一秒——

砰！遠處傳來了無情的槍聲。

『啊！』

紗耶加小聲呻吟，搖搖晃晃，當場跪下。

『真翠同學？怎麼了？發生什麼……』

我伸手撐住她，手上卻沾到暖暖的、黏稠的東西。

雖然天色已經完全昏暗下來了，但我還是立刻知道那是什麼了。

是血。

紗耶加中槍了。

開槍的……應該是警察！

血液湧上腦袋。

『那些傢伙——！』

我憤怒到忘我。

呼應我爆發的情感，森林的樹木也發出沙沙聲。

我瞪著傳出槍聲的方向。

『饒不了你們！』

那股憤怒化為力量，被我瞪著的樹木一一倒下，彷彿有台無形的推土機將它們推倒。

『呃啊——！』

慘叫聲從黑暗的深處傳來。躲在那裡的霹靂小組成員，一定已經被倒下的樹木給壓扁了。

然而，我卻不再驚訝，也不再害怕自己的力量。我反而有一股快感，就像打電動時擊敗『敵人』的那種快感。

『唔……怎、怎麼了？那邊有什麼東西？』

紗耶加按著肩膀站起身。

太好了，看來傷得不重。

『真翠同學，不痛嗎？』

我拉住她完好無事的另一隻手臂，扶著她站起來。

『嗯，只是有一點痛……我中槍了嗎？』

『好像是。妳明明是局外人，可是卻……我饒不了他們，可惡！』

『我們得快點逃才行……可是，該去哪裡才好……』

『別擔心，有個地方聚集了像我們這樣的超能力者，我聽綾乃他們說過，就在穿過這片森林後面大約十公里的地方。』

『那是什麼地方？叫什麼？』

『……一個叫「綠屋」的地方。』

我說完，和紗耶加一起朝著森林深處前進。

——你們應該在吧，『綠屋』的超能力者們。如果你們在附近的話，如果你們正從某處看著我們的話，請幫忙指路。我將要成為你們的夥伴了。——

我一邊走，心裡一邊唸著。

燈山、条威、小龍三人來到翔逃亡的森林。而綾乃已經遵照条威的指示，在另一個地方靈魂出竅。

根據条威的千里眼，翔就在這座森林裡，距離他們不到一公里的地點。然而明知如此，他們卻無法前進。

因為条威與小龍兩人都感應到，在前方等待他們的東西，極度危險。

『前面到底有什麼？』

事情不如預期中順利，讓燈山很煩躁。

『不快點的話，翔不是會有危險嗎？你們如果不動，我自己一個人去！』

『請等一等，燈山姊，貿然前進的話……』

燈山推開打算阻止自己的条威，撥開高及腰部的雜草往森林前進。但是，她感覺自己的腳被用力抓住了。

『什麼東西？』

看看腳下，即使是燈山也忍不住慘叫出聲。

『啊！這、這是什麼？』

數隻腐爛的人手從草叢裡伸出，抓住她的腳。

『放手！放開我——！』

驚慌失措的燈山想把抓住腳的腐手揮開，卻碰不到那些奇怪的手，彷彿那些手是幻影。

『条威！救我……』

轉過頭去，已經不見条威與小龍的身影，反而見到無數個身穿鎧甲的武士，像鬼火般幽然現身。

燈山連大叫的力氣都沒了，她感覺自己正逐漸失去意識。

就在快昏倒時，她感覺到有雙溫暖的手抓住自己的肩膀；那雙手掌散發出光粒子流竄她全身，如同蟲般由她腳下竄上的強烈恐懼也隨之而退去。

燈山突然發覺周圍亮了起來，她這才回過神來。

『沒事吧，燈山姊？所以我不是說了，貿然踏進來會有危險的。』

抓住她肩膀的人是小龍。

『呼——呼——呼……剛、剛剛那是怎麼回事？』

燈山發現自己跪倒的地方，距離剛才準備踏上的草叢數公尺遠。她的肩膀劇烈起伏、大口喘氣。

『有無數隻腐爛的手從草叢裡伸出來，然後我轉過頭，卻沒看見你們，只見到……身穿鎧甲的武士……』她緊抓著小龍說。

回想起剛剛的畫面，燈山又陣陣發冷，不自覺顫抖著身子。

『……好像做惡夢。那是幻影嗎？就像有人使出「傳心術」讓我看到……』

『如果是那麼廉價、好對付的東西，我們就不需要這麼小心了。』小龍說。

『什麼？難道那是……』

『燈山姊看到的，是如假包換的惡靈。』

条威拉著燈山的手臂，讓她站起身。

『啊，這麼說恐怕不太正確，總之，那是某種超能力造成的結果——「靈異感應能力」，簡單來說就是「靈媒」。這附近應該有能夠使用那能力的超能力者……』

『靈、靈媒？就像「恐山女巫」（註❸）嗎？』

『沒那麼單純，不過也差不多。』

小龍說著，自己一人走近『惡靈之森』。

『那種能力，就是將死者殘留在此處的強烈執著，變成燈山姊剛剛看到的惡靈模樣。也許這附近很久以前是戰場，而那些鎧甲武士全是死於戰場上的人們。貿然闖進去真的很危險呢，會被惡靈附身、發狂，甚至自殺。』

『……』

燈山說不出半句話來。

『燈山姊，請退開，又來了，而且這回數量更多。』

森林深處傳來地鳴般的呻吟聲。為數更多的亡靈幻影，發出青白色的光芒搖搖晃晃地靠近小龍。

汝竟讓吾等……

世世代代受詛咒……

嗚嗚嗚……嗚嗚……嗚嗚嗚……

九泉之下，此恨終難了……

執吾輩怨之刀刃，趕盡殺絕……

亡靈嘴裡低吟著咒語般令人毛骨悚然的呢喃，漸漸逼近。

冷空氣從森林飄蕩而出，四周的溫度彷彿降至十度以下，讓人背脊竄起一陣寒意，燈山感覺自己全身的毛孔都張開了。

『小龍！快走開！你想幹什麼？』燈山不禁大叫。

『不用擔心，這裡交給小龍，我們先往前走吧！』

条威這麼說完，站在燈山面前。

『往前走？怎麼走？森林裡可是惡靈的住處呀！』

『小龍會幫我們爭取時間，我們就趁那個時候衝進去，一口氣跑往深處。』

『我辦不到！我不行！』

『沒問題的，緊抓住我。燈山姊，別害怕，好好確認自己還是自己，如果稍不留意，就會被惡靈附身。告訴自己妳是燈山晶，就能夠阻擋惡靈入侵了。』

『即使你這麼說……』

燈山止不住地發著抖。

——可是，翔在等我們啊！

她重新整理思緒，聽從条威的指示。

『這可不是鬧著玩的哦？對手可是亡靈，我們有勝算嗎？』燈山逞強地說。

『小龍，拜託你了。』

条威握住燈山的手，做好準備動作。

『我知道了。只要心無恐懼，這些傢伙就不是對手……』

小龍伸出雙手，他的兩隻手掌中間有團溫暖的黃色光芒。不一會兒，那股溫暖的『光芒』擴散到小龍全身，像光製成的衣服纏繞包裹住他。

『好、好厲害……那光，是怎麼回事？……』

燈山緊抓住条威的手臂問道。

『那是小龍的「能量」。善意的能量散發出暖色系的光芒，惡意的光芒是冷色系，憤怒能量的光芒通常呈現紅色。』

都這個時候了，条威還是不改冷靜的模樣。

『条威，你真的是國中生嗎？』燈山不耐地說。

『所以我不是說了嗎？妳不把我當小孩子的話，我會變壞唷。』

『……真是的……』

燈山苦笑著，同時握緊条威的手。

『你可別放手啊，条威。』

『別擔心，燈山姊就由我來保護。』

『……嗯。』

這時候，三個人四周已經滿是亡靈了，到處都是詛咒的聲音和強烈的腐臭味。

在激昂的惡意與憎恨環繞之下，普通人根本不可能若無其事地繼續待著。

鎧甲武士腐爛的手揮舞著生鏽的刀，嘴裡每吐出一句詛咒般的話語，黑色的濃稠血液就會從口中流出；原本應該有眼球的空洞眼窩，爬出無數的蛆。

『這……我、我沒辦法啦！就算你要我別怕，可是再這樣下去……』

燈山的心靈就快被恐懼侵蝕了！她拚死緊抓著条威。

『小龍！』

条威這一聲彷彿是暗號。

環繞小龍身體的光芒化作細小的粒子，耀眼而快速的旋轉，跟著像煙火般朝四面八方飛散。光粒子一顆顆射入惡靈『體內』時，詛咒之聲變成了哀嚎，包圍過來的惡意頓時洞開。

『趁現在！』

条威緊握住燈山的手衝出去。閃躲著武士襲擊而來的刀子，兩人在森林樹木間穿梭奔走。

別停！快跑！別害怕！

燈山這麼對自己說，全心全意疾奔著。

『別回頭！看前面就好！』条威說。

『小龍怎麼辦？』

『別擔心，他夠強！絕對不會輸給召喚惡靈的傢伙！』

兩人只管向前衝。但是一面跑著，一面仍感覺到惡靈從後頭追來。

接著，追兵的強烈氣息愈來愈薄弱，可是他們仍未停下腳步，依然持續向前跑。最後，他們終於來到擺脫了惡靈、四周也變回單純的昏暗森林。

小龍佇立在森林入口處。

放盡光能量的身體，如鉛般沉重。

但若是一個月前，他根本不可能放出這麼大的能量、鎮壓這麼多靈體。

自從與条威他們一同逃出『綠屋』後，自己的確成長了不少。至於原因為何，他也不清楚。知道的人應該只有条威。

大多數的時候，小龍也不知道有什麼打算。

条威隱瞞了某些事情。他知道得很多，但都沒有告訴大家。小龍並不是遲鈍的人，早已經發覺了這一點。

条威究竟要帶領大家到哪裡去呢？

到了那個地方，我們就能幸福了嗎？

小龍有時也會感到不安。不過，他從不認為相信条威而離開『綠屋』是錯誤的決定。待在那個地方，配合所長唐木右道與生島荒太等農夫的企圖，絕對不是做什麼好事……只有這點，小龍絕不懷疑。

小龍突然感覺到惡靈消失的森林深處，有東西靠近。雖然渾身虛脫，但他仍硬撐著抬起頭。

他看見一位少女。少女的年紀應該比小龍大，一張慘白的臉像能樂（註❹）面具般沒有表情。

『真厲害，小龍，你竟然能讓這麼多惡靈消失。』少女面無表情地說。

『一色冬子……前輩？原來操縱剛剛那些惡靈的人，是妳啊……』

一色冬子是『綠屋』唯一的『靈媒』——或稱『女巫』。

她不可解的『靈異感應能力』，連專門開發超能力者的『農夫』們也難以理解，是個麻煩人物。

『從離開「綠屋」到現在，已經一個月沒見了呢，一色前輩，妳看起來還是老樣子。』

『我可是天天見到你呢。』冬子嘴角輕笑著說。

『什麼？』

『我一直在你身邊呀，和你同一所國中。我們見過好幾次了，你沒發現嗎？』

『妳說什麼？』

小龍大吃一驚。

和自己同期轉入桔梗之丘國中的轉學生中，可以確定特別醒目的三年級生百百路樹潤是『綠屋』送進來的超能力者，這點小龍也隱約察覺到了。

可是他認為不只百百路樹潤一個。

小龍等人在一個月前逃出『綠屋』，當時『綠屋』裡有哪些超能力者，除了少部分之外，大家全都認識。

一起生活在那狹窄的箱子裡，大家或多或少都有機會見到面。所以小龍理所當然認為，要是有其他『綠屋』的超能力者一起轉學進來，他一定會認得。

沒想到，他們想得太天真了。

超能力者的確在，只是他們『沒注意到』罷了……

『原來是這樣啊……』

『是啊。』

『可惡，為什麼我們會沒注意到……為什麼……』

不過条威一定知道吧。

明明知道，為什麼沒打算告訴我們呢？

小龍一邊抗拒著湧上心頭的不信任感，一邊將手掌揮向眼前的敵人，打算賭上殘存的一絲力量。

『哎呀！』

冬子往後退。

『對戰結束囉！我這邊已經找不到能夠操縱的靈體了，而你應該也沒有多餘的能量了，對吧？再打下去，是準備賠上性命嗎？』

『……』

『今天就算平手吧？』

冬子轉過身，往黑暗的森林裡走去。

『改天再見了，伯小龍……』

冬子說完這句話後，就離去了。

當她的背影消失在黑暗中、完全看不見的時候，小龍也筋疲力竭地跪下。

『稍微休息一下吧，条威，我不行了，休息一分鐘也好。』

燈山說完，便將背倚著樹幹，肩膀劇烈起伏喘息。

她的身體雖然經歷過徹底鍛鍊，卻仍難耐精神上的疲勞，全身像鉛塊般沉重。

『我也想休息，不過，看來又有人來迎接我們了。』

『咦？』

燈山抬起頭，拿手電筒照著已經完全暗下來的森林。

『看來好像沒人啊……』

『妳的麻醉槍準備好了吧？』

『……是「農夫」嗎？』

『有八個人，還有一個超能力者。別擔心，這種數量我們兩個就能處理了。』

聽到条威這麼說，燈山放心了。

『你已經預知到了嗎，条威？』

『只是單純的第六感罷了。我不是說過，我不是每件事情都會知道的。』

『喂，你怎麼說話不負責任啊……』

砰！砰！砰！

突然傳來響亮的爆破聲，那是麻醉槍的槍聲。

『嘖！』

燈山反射性地躲起身子。

『看來應該有一段距離，不過在這麼暗的森林裡，虧他們還能精準地打到我們。』

『因為敵人那邊也有和我一樣能夠使用千里眼的超能力者。是那傢伙告訴「農夫」我們的位置的。』

『和你一樣？該不會也是個預知能力者……』

『不可能。』条威說得很乾脆。

接著，他屏住呼吸，感覺著森林的情況。

『我想對方應該是我認識的傢伙，他的讀心術很強，但沒有預知能力，別擔心，他不是我們的敵人……拿起麻醉槍，右手邊灌木叢陰暗處躲了兩個「農夫」。』

『看我的！』

燈山雙手舉起麻醉槍，對準浮現在月光底下的灌木叢。

『幫我瞄準。右邊還是左邊？』她反問条威。

『右邊五十公分，另一個人還要再往右一公尺……不，大約八十公分吧。』

燈山按照指示，準確射擊。

『唔！』

聽到小聲的呻吟，接著是有人倒下的聲音。

『很好，撂倒兩個！』

『另一個在左側三十度。』

燈山迅速調整槍口瞄準，結果對方搶先一步開槍。

『嘖！』

子彈射中他們背後的樹木，燈山立刻回擊，又聽到一聲呻吟。打中對方了。

『第三個了。再來呢？』

『我們兩人還搭配得真不錯耶。』

『別耍寶了，快點！下一個！』燈山一邊說，一邊更換彈匣。

這是從之前抓到的農夫身上得手的強力麻醉槍，雖然是可靠的武器，但最大缺

點是一次只能連打三發。

在燈山更換彈匣時，条威跳出樹木的陰影，像野狗般撲向敵人。

『条威！』

『掩護我！』

条威說完，毫不遲疑的快速前進。

啪！啪！啪！

黑暗中傳出乾澀的爆裂聲。

對方朝直接採取正面攻擊的条威擊發數枚麻醉彈，卻一發也沒打中。

条威還是老樣子，稍微轉開身子、躲開子彈，猛獸般襲向躲藏起來的敵人，一出擊就讓對方倒地。

燈山也跳出灌木叢，掩護条威，準確使用麻醉槍，把驚慌失措而亂了隊形的『農夫』一個個擊昏。

不到一分鐘，条威所說的八名『農夫』已經完全安靜下來。

『看來都解決了，条威。』

条威制止燈山走近，說：『還沒完，還有一個超能力者……』

『真不愧是条威學長啊。』

從大樹後頭現身的，是和小龍差不多年紀的小個子少年。在手電筒的燈光照射下有著少年青澀的模樣，不過他的臉上卻露出與年齡不相符的輕蔑笑容。

『果真是你，曉塔夜。』条威說著，走近塔夜。

『哎呀，我沒打算和你打哦。』

塔夜往後退，条威更逼進一步。

『現在才說這種話會不會太遲了？你埋伏在這裡，不就是打算跟我打嗎？不是嗎？』

『別開玩笑了，拿你這種傢伙當對手，我又不是活得不耐煩了。』

『哼，你怕了嗎？』

『才不是，我一開始就沒打算和你打。我只是在等你把「農夫」全打掛，有事情和你談談罷了。』

塔夜從長褲的皮帶處拿出手槍，對著条威。

条威絲毫不畏懼，又向前走了一步。

『什麼意思？你應該知道那種東西對我沒用吧？』

『當然知道，不過，這樣的話呢？』

塔夜把槍口轉向燈山。

『那邊那個女人只是普通人類，不可能會躲子彈吧？我先說，這可不是麻醉槍哦，這是我偷偷從「綠屋」的彈藥庫裡偷出來的真手槍。』

『你這傢伙……』

条威停下腳步。

『你想談什麼？我聽你說，說完快點滾！』

『呵呵。我也和你一樣，擁有讀取他人思想的「讀心術」，我不是有心要讀取「農夫」、唐木所長或生島的想法，但我全都知道得一清二楚，也相當清楚你擁有預知能力，雖然生島似乎打算隱瞞這點呢。』

『然後呢？說重點。』

『我想和你來個交易。』

『交易？』

『我告訴你生島的目的，相反的，你要告訴我一件事。』

『……什麼事？』

『告訴我關於「類別零」的事。』

『……』

『……「類別零」？那是什麼？』燈山問条威。

条威不發一語，但他臉上的表情有燈山不曾見過的激動。

『喂，告訴我嘛，条威前輩。你一定知道要是「類別零」真的覺醒過來，會有什麼影響，對吧？你一定知道些什麼事，而且打算好好利用這點，沒錯吧？也算我一份！』

『……給我滾。』

条威小聲地說，準備再向塔夜走近一步。

『喂，等一下，交個朋友嘛，我們不是同類型的超能力者嗎？都會不小心知道不該知道的事。要是我們兩個麻煩傢伙聯手，你不覺得就天下無敵了嗎？』

『給我滾！』

条威全身冒出憤怒的能量。即使燈山不是超能力者，也能清楚感應到。

『等、等一下，你這樣好嗎？我會對那女人開槍哦……喂，你……』

塔夜把手上的槍指向燈山。但是燈山迅速閃開，也順勢用麻醉槍瞄準塔夜。

『開什麼玩笑！你開槍，我也會開槍啊！我哪會被你這種小鬼……』

『還不快滾！』条威發出了怒吼。

塔夜渾身僵硬，就這麼拿著槍，像石像般動也不動。

条威對塔夜伸出手，一步步靠近。

每當条威向前踏一步，從地面挺出向上生長的雜草，也都像避開他似的向外折彎。眼前的情景讓燈山感到相當不舒服。

『住手！条威！』燈山不禁大叫出聲。

就在条威的手正要碰上塔夜額頭那一秒……

『！……』

条威的能量化為光芒，如熱烈燃燒的火焰纏繞他全身；一聽到燈山大喊，条威就像鎧甲突然卸掉般放鬆。

他暫時停手，然後再度輕輕地碰了塔夜的額頭。在碰到的同時，塔夜的身體立刻解除僵硬狀態，閉上眼睛，睡著般倒在地上。

『你對那傢伙做了什麼，条威？……』

燈山連忙跑向他們兩人。

只見条威露出天使般的笑容，對她說：『別擔心，他已經沒有超能力了。雖然部分記憶可能也跟著消失，不過身體上沒什麼大礙。』
『這是什麼意思？你、到底是……』
『我現在還不能對妳說明，請放我一馬吧，燈山姊。』
『……』
燈山回想著条威一直以來的舉動、說的話、露出的表情。一切像跑馬燈在她腦海閃過。
想了好一會兒，她終於開口：『好吧。我不會再追問你什麼，這件事情我也不會對別人說……這樣可以嗎，条威？』
『好，謝謝妳。』
条威垂下眼神，輕輕一鞠躬，便朝著森林深處走去。
『走吧，不快點就來不及了。』
『嗯。』
到底是什麼事情會來不及？
燈山硬是把想問的問題吞到肚子裡去。反正条威一定又會說——現在不能告訴妳——之類的。

但是，燈山剛剛卻不小心知道了条威的秘密——連海人他們都不知道的秘密。事實上，条威不只是個普通的預知能力者，也不只是會用千里眼和讀心術。

神之子。

這幾個字突然蹦進她的腦袋裡。

可是，条威為夥伴勇往直前的背影，看來又像個隨處可見的年輕人。他只是個稍微帶點大人眼神的十四歲少年罷了……

『沒趕上的話，會發生什麼事？』燈山連忙追上前面的背影問道。

『……我現在只能告訴妳，再這樣下去會出人命。這已經是避免不了的「未來」了。』条威這麼回答。

說話的時候他沒有轉過頭。

註❸：恐山是日本三大靈場之一，位在青森縣，為環繞宇曾利湖的山群。

註❹：日本傳統戲劇之一。

6. 類別零

我和真翠紗耶加往森林裡頭走去。我們已經步行約兩、三公里了。從我們鎮上到『綠屋』，距離大約有十公里左右。

放學後，在回家路上的我和紗耶加都還穿著制服，書包則是放在剛剛的破爛小屋裡。我們的身上當然沒有帶地圖，雖然綾乃之前曾經在地圖上告訴過我『綠屋』的位置，但是沒有指南針，我也不知道正確的方位。

不管了，我們繼續穿過樹林，撥開灌木叢前進。

如果我真的是超能力者，我想，只要抵達『綠屋』附近，『農夫』們就會出來找我們了。

因為他們的手上有『搜索者』，那是能夠捕捉超能力者獨特腦波的機器。再說，聚集大批超能力者的『綠屋』之中，應該有人能以『傳心術』回應我的呼喚才對。

我一邊走在森林裡，心裡同時一邊對著非特定對象呼喊著。

馳翔在這裡。

我是超能力者。

聽到我的聲音，請到這裡來。

有沒有人啊……

『那個叫「綠屋」的地方在哪裡？走這條路對嗎？』紗耶加不安地問道。

『嗯，我想應該沒錯。之前，我的夥伴從「綠屋」逃出來時，就是跳進河裡之後，逃到剛剛的破爛小屋，所以我想先找到那條河。』

『河？……該不會是那個聲音吧？』

『咦？』

我停下腳步豎起耳朵，果然聽到潺潺的水流聲。

『搞什麼，明明就在附近嘛。好，我們就往那個聲音的方向前進，等一下只要沿著河往上游去就行了。』

『嗯。』

『剛剛的傷，要不要緊？』

『應該沒事。血已經止住了。』

『子彈大概只是擦過吧。太好了……』

『謝謝你，翔同學。』

『只要一抵達目的地，我們立刻去找醫生。』

『嗯。』

我們朝著水聲方向前進，沒想到河谷比想像中還近。

『妳渴不渴？這條河的河水應該可以喝。』我說。

紗耶加看進河川裡，『是啊。不過這裡是河谷，要下到河邊似乎很困難。』

『別擔心，抓住我。』

我拉住紗耶加的手，緩緩步下陡坡。

潮濕的土壤雖然濕滑，但幸好我穿的是運動鞋，只要抓著樹往下走，就沒有那麼危險。

我才這麼想而已——

『呀啊——！』

紗耶加腳下一滑，跌了個四腳朝天，而拉著她手的我，也連帶摔跤。我們兩人一起滑落陡坡，狠狠摔到了河床上。

『痛痛痛……真翠同學，妳沒事吧？真對不起，都怪我多事。』

『……唔、嗯，我沒事，不過，腳好像有點扭到了。』

『這樣啊……好，我來揹妳吧。』

『什麼？』

『不要緊，前陣子我還揹過比妳重很多的傢伙呢，啊，就是隔壁班的条威。』

『咦？你揹過条威同學啊？』

『嗯。那次超慘的，他好重，妳比他輕多了。』我彎下腰，背朝向紗耶加說。

『那我就……』

紗耶加遲疑著，將身體靠向我的背部。

我揹起她，沿著河床往上游走去。

『翔同學？』紗耶加從背後叫我。

『嗯？什麼事？』

『你不是有念動力嗎？為什麼還要像這樣揹著我走路？』

『呃，妳問我為什麼……因為我還不曉得該怎麼使用。等我能夠靈活運用，就能夠飛上天空了吧？』

『我想應該可以。你試試看不就知道了？』

『不，不用了，我還是用走的去吧。』

『揹著我很累吧？試試看嘛，一定飛得起來的。』

『或許飛得起來啦，可是，我還是想趁走得動的時候用走的。』

『為什麼？』

『人類走路不是很正常的事嗎？即使會飛，用走的還是比較像人類吧？妳不覺得嗎？』

『……你這個人還真奇怪。』

『啊哈哈，是嗎？這種事情不是很普通嗎？』

『我可以再問你一個問題嗎？』

『嗯，什麼問題？』

『你想要怎麼使用你的超能力？』

『超能力？是指念動力嗎？』

『嗯。』

『怎麼使用啊……如果可以的話，希望能幫助人們。』

『人們？你是指陌生人嗎？』

『沒錯。我老爸以前曾經對我說，擁有比其他人還要多的金錢、力量，或其他東西的人，必須為沒有那些東西的人盡力，就像水往低處流一樣理所當然。』

『……』

『所以，如果我會一些其他人做不到的事情，就想為這個世界做點什麼，我一直這麼想。』

『為這個世界做點什麼……是嗎？……』

『可是我卻……』

某個我一直壓制住的東西突然湧上心頭，讓我語塞。

我蹲下身，放下紗耶加，嗚咽著說：『……我……不但沒有幫助人……搞不好還殺了人……我……』

『翔同學……』

我不自覺地把手伸到嘴邊。

就在我想要咬住手指，藉由那股痛意，忍住淚水的時候……

怪了……為什麼沒有『味道』？

我剛剛的確……

這股詭異的感覺究竟是怎麼回事？

此刻我開始懷疑起原本一直相信的事情。

這不過是個契機。

可是，多虧這個契機，讓我的腦袋像搜尋影片畫面般，重新一一檢視起那些雖然曾經注意到、卻沒有加以深思的諸多『疑點』。

這些『疑點』逐漸串在一起，成了一條『線』。

讓我墜入地獄的事件——少女在警局裡頭部炸開而死。

臨死前，她嘴裡說出了——我的名字。

然後少女的屍體，不留一絲痕跡的消失。警官當著我的面前，被看不見的力量打飛出去而死。

接下來是，逃亡……

然後配合我的怒吼，人飛到半空中、牆壁被吹飛、樹木傾倒……

我所留意到這一連串窮追不捨的突發狀況，此刻全都可以用我剛才靈光一現的『某個假設』來說明。

我終於發現了……

我雙肩下垂，停在原地。

『呵呵、呵呵呵……』

『翔同學，怎麼回事？你怎麼突然笑起來？』

『啊哈、啊哈哈哈……』

『到底怎麼回事嘛？』

『沒什麼，原來如此啊……啊哈哈……』

『翔同學，你還好嗎？』

紗耶加窺向蹲著的我。

『妳是不是覺得我腦袋有問題了？』

『沒有……』

『其實啊，是我注意到一件不得了的大事了。』

『不得了的大事？』

『沒錯。我果然不是什麼超能力者。』

『……咦？』

『當然，我也沒用念動力殺人。那些啊，全都是有人讓我看到的「幻象」。』

『怎、怎麼會！怎麼可能？我也看見了呀！我親眼看見那些警官飛出去、樹木倒下……』

『妳的手臂中彈受傷了？』

『那是警方開槍的呀……』

『不對，那也同樣是「幻象」，全部都是使用超能力中的「傳心術」在搞鬼，讓我看到那些幻象。沒錯……真翠紗耶加同學，就是妳用「傳心術」把那些幻象送進我腦袋裡的，這些全部都是幻象！』

聽了我的話，紗耶加當下嚇了一跳。

『翔同學，你在說什麼？你可能真的怪怪的吧？好可憐喔。』

她立刻又換上同情的表情說。

可是，我已經不會上當了。

『我們都徹底被妳騙了。就連警局裡少女的頭爆掉死去的事件，也是妳讓神近哥看到的幻象吧？所以後來才會找不到屍體。因為那起事件中，屍體根本一開始就不存在，所有的一切都是妳用「傳心術」捏造出來的。』

『等、等一下，為什麼我非做這種事不可？我雖然有超能力，也不過只是能和動物對話的能力而已……』

『那也是妳為了不讓我設防，所演出來的。仔細想想，妳的舉動實在有太多不自然的地方了。突然出現在圖書室，還以為妳只是要和我說話，卻變成要和我一起回家。不對，更早之前，妳就假裝喜歡我，想引我上鉤，對吧？我們明明根本沒說過幾句話，這些全都太不自然了，我又不是很有異性緣的那種人，這點我還有自知之明。』

說著說著，我不小心變成了自暴自棄的語氣。不過回想起來，那就是我感覺到的第一個疑點。

不曾和女孩子交往的我，不小心就會把這種情形往好的方向解釋去了。

『妳這一個月內，大概仔細觀察過我的行為模式吧？連我放學回家前習慣先打一通電話回家這點也注意到了。所以算準輪到我顧圖書室、沒和往常一樣與綾乃他們一同行動的時機，設下陷阱。』

『設下陷阱？人家哪有……』

『別再裝蒜了。一如妳的計畫，我一打電話回家，妳就會聽到姊姊問我怪問

題，說我是不是做了什麼會讓警察找上門來的事情等等。這一切都是為了讓我見到後來那個「念動力幻象」的伏筆，我竟然想都沒想到。』

『……』

紗耶加沉默地瞪著我。是不是在思考有什麼好藉口呢？

我不在乎地繼續說下去。

『我不曉得從哪件事開始、到哪件事為止是幻象，警察等著我那部分應該是「現實」沒錯。而神近哥提到少女自爆事件的屍體消失時，妳擔心我會想到那是「傳心術」搞的鬼，所以妳才要年輕警官阻止神近哥對我繼續說下去。我沒說錯吧，紗耶加同學？』

『你到底在說什麼？我完全不明白耶。』

『還裝？妳的所作所為，仔細想一想，根本就是支離破碎、完全不合理。一開始，妳告訴我要和我一起逃跑的理由是「每天都好無趣」——只為了這種理由，就能和當著妳的面殺人的犯人一起逃跑嗎？太奇怪了吧？再加上，只要我說要去警察局，妳就會連忙阻止我。』

『……』

『所以妳才會讓霹靂小組到破爛小屋來，還大費周章的把小屋的牆壁撞破——不用說，這一定是妳弄出來的幻象。到後來，光憑「好奇心」這個理由已經交代不過去了，只好搬出自己其實也是超能力者的藉口。到這裡都還沒什麼破綻，露出馬腳的是後來妳讓自己中槍那一段，真是太糟糕了。』

『……糟糕？為什麼？』

口吻改變了。看來她有所覺悟了。

『妳應該是想，藉由警方對無辜的妳開槍來激怒我，讓我再看到一次「念動力」的幻象。其實妳還滿用心的嘛！可惜那個時候，我手上沾到了黏稠的鮮血，不用說那當然也是假的，不過這卻讓我發飆、弄倒樹木，聽到警察的叫聲之後，還用力拉著妳逃跑——到這裡為止，我真的完完全全上當了。可是，我剛剛把手伸到嘴邊，咬下自己的手指，卻完全沒聞到血腥味，嘴裡也沒嚐到血的味道。』

『！……』

紗耶加不高興地皺起眉頭，輕輕地咂了咂舌。

『看來妳大概也明白了，就是這麼一回事。沾滿妳黏稠鮮血的右手，我沒擦也沒清洗，而且，血腥味聞起來或嚐起來都很強烈，只要一聞到或舔到，立刻就會知

道才對。妳完全忘了把血腥味的「幻象」以「傳心術」送進我腦袋裡了。其他部分都很完美呢，真可惜。妳大概沒算到我會把手伸到嘴裡吧？』

『……哼，看不出來你的腦筋還不錯嘛，「野生種」。』

紗耶加的聲音變了，完全變成另一個曾經聽過的聲音。

『果然是妳，麻耶。』

在我叫出她名字的同時，麻耶以『傳心術』創造出的自己消失了。眼前的真翠紗耶加的模樣扭曲變形，像是黏土重新揉過一樣，捏出了另一個樣子。

一瞬間，她的容貌完全改變。略帶茶色的頭髮（應該是吧？四周太黑了，看不清楚）變成全黑的日本娃娃頭，原本大而美的圓眼睛，變得細長而銳利。

站在我面前的，就是一個月前和我對戰過的『綠屋』超能力者——『傳心術』超能力者麻耶。

『呼——感覺肩膀上的重擔放下來了，真好。』

麻耶和之前一樣，盛氣凌人地交叉著雙臂。

『真的很辛苦耶，我必須讓全班同學看到我是「真翠紗耶加」的樣子，再加上除了我之外，潛入那間國中的超能力者還有四人，其中有三人，綾乃他們都見過，

所以我必須把他們也變成其他人的模樣才行，超忙的。說實話，有能力秀出這種技能的，我想這世界上應該也只有我了吧？你不認為嗎？』

明明沒人問起，麻耶卻開始自吹自擂，她和在班上擁有外表與性格兩方面最高評價的真翠紗耶加，真是天壤之別。

說起來，她的長相也算美，不過完全不是我喜歡的類型。

嗯……還是綾乃最好。

……啊，不行，現在不是想這種事的時候了。

『妳怎麼想都無所謂。更重要的是，妳為什麼要對我做這種事？告訴我。』

對方在一個月前才和我有過一場攸關生死的對決，但現在我面對她，卻一點也不覺害怕，是因為我們剛剛一直在一起的關係嗎？

可是和我在一起的，明明是以幻象製造出來的真翠紗耶加啊……

『我也沒辦法回答你。我只是聽從名叫「生島」的農夫的指示辦事罷了，我想他大概是要我把你帶回綠屋吧……別管那個了，我也有事情想問你。』

『什麼嘛。好吧，就先聽妳說吧。』

『你真的不是「念動力超能者」嗎？我記得之前和你對決時，你用車子撞我，還有國中的體育館也……』

『完全不是，我根本就不是超能力者，只是平凡的國三生。』

『絕對不可能，因為生島說你是「類別零」，是一千年也不一定會出現一個的珍貴超能力者……』

『什麼？類別……啥？』

『妳未免太多嘴了唷，麻耶。』

某處突然傳出年輕男子的聲音。

『到、到底是誰？』

我環顧四周，身體卻突然輕飄飄地飛起來。

『哇！怎、怎麼搞的？可惡！』

我在半空中胡亂揮舞手腳，身體卻離地面愈來愈遠。

『救、救命啊！』

我像被吊車吊到十公尺以上的高度後，把我拉上半空的超能力者就在那裡等著。他雙手插在口袋，飄浮在半空中。

『百、百百路樹？……』

『你這傢伙，別叫得那麼親熱。』

黑暗中那雙眼睛閃著異樣的光芒。

原來，才一個月就擺平學校裡不良幫派的傳說中的轉學生——百百路樹潤是超能力者。

『你叫馳什麼的，是吧？你這種貨色竟然是「類別零」……』

四目相對了。我的背後感到一陣寒意。

對方的年紀應該和我一樣是十四歲，看來卻大我十歲以上。低聲喃喃的說話方式，有股教人寒毛直豎的魄力。

乍看之下，他的外表很斯文，但全身卻散發著難以言喻的駭人能量。

怪物。

我再也找不到別的形容詞了。

我也見過不少擁有怪物般力量的超能力者，但光這樣面對面，就能感覺得出等級的差別，這傢伙真的是超能力怪物。

我像靈魂被吸走一樣，整個人縮成一團。

浮在空中的百百路樹，雙手插在口袋中緩緩靠近我，我甚至竟無法撇開視線、

不去看他冷血的眼睛。

『我可是一直跟在你們附近哦。還不是生島要我配合麻耶的「傳心術」。』

該不會小屋的牆壁被颳跑了大半、樹木剷平倒塌，這些都不是『傳心術』看到的幻影？

這麼說來，麻耶和我當時的確是從小屋牆壁的破洞中跑出來……

如果真是這樣，他的念動力所擁有的破壞力，不就像是大型推土機、吊車，甚至是炸藥？

他要殺我，就跟踩死螞蟻一樣簡單。

『結果，你這傢伙也不過就這樣，無聊死了！』

百百路樹的雙眼發著光，已經逼近到我面前約五十公分左右的地方。

我想叫也叫不出來。

他會殺了我的。

誰、誰來救救我……

『等等！百百路樹！』

聽到叫聲，百百路樹的視線從我身上離開，望向下方。

原本吊起我的力量因此鬆懈，我開始像高速電梯墜樓般急速落下，速度愈來愈快，然後撞上地面。

『唔哇！』

衝擊度差不多像從二樓陽台跳下去一樣。幸好下面不是水泥地，不然會傷得更嚴重吧。我按著當肉墊受到撞擊的臀部，緩緩站起身。

擋在我面前的是護著我的麻耶。

『別殺他。生島主任不是說了，要我們把他帶回「綠屋」？做得太過火，可是違背命令啊！』她對著在兩公尺高處的百百路樹說。

她想幫我嗎？……不，應該不是這個原因吧？一定只是為了遵從生島那傢伙的命令而已。

『生島……哈！』

百百路樹冷笑著。

『我話先說在前頭，我和你們這些「栽培種」超能力者不同，我可沒受到莫名其妙的藥物控制啊。會聽生島的話來這裡，只是因為我對「類別零」有點興趣罷了。』

『那不就對了？他就是你有興趣的「類別零」啊！只因為計畫失敗就殺了他，我們豈不是賠了夫人又折兵？總之，我們先把他帶回「綠屋」去吧，只要用你的能力，就可以像搭噴射機一樣快速抵達。也對，我們一開始這麼做不就好了？只要有你的「念動力」和將的「瞬移力」，事情不是簡單就解決了？幹嘛要這麼麻煩，故意安排讓這傢伙自願前往「綠屋」，真是……』

這、這下糟了，我又不是超能力者，真的被帶到『綠屋』去就傷腦筋了。

再說，什麼是『類別零』？

我記得之前聽過，能像綾乃他們一樣靈活使用超能力的能力者，被稱為『類別一』……

那麼，『零』比『一』的等級還要高嗎？

哈哈，別鬧了。怎麼會有這種蠢事？

『哼，看來妳根本還沒搞清楚嘛。』百百路樹說：『這也難怪，畢竟「類別零」的真正意義，生島只告訴了我。』

聽了百百路樹的話，麻耶感到很困惑。

『你說什麼？到底是怎麼回事？什麼叫「類別零」的真正意義？生島為什麼只

告訴你？』

『妳沒有必要知道。這是我和生島之間的「契約」，你們這些三流超能力者根本一開始就只是局外人。』

嚇呆的我像在觀賞乒乓球比賽一樣，不斷來回地看著他們兩個人。

怎麼突然起內訌了？到底是怎麼回事啊？

『百百路樹，你究竟打算怎麼做？生島主任跟你說了什麼？』

『我不是說了，妳沒有必要知道！』

百百路樹黑暗中的雙眼再度發出青白色的光芒。他打算再度使用超能力了。

只要百百路樹準備施展超能力，他的眼睛就會像黑夜中的貓一樣發光。光是這點，就和我所認識的超能力者們有根本上的不同。從他身上感受到的，不只是他力量的強大，還有一股惡魔般的不祥之氣。

『你……等、等一下，住手！別殺這傢伙，拜託你！』

麻耶介入我和百百路樹中間。

『這傢伙不是壞人，應該說，他這個人算不錯了。我認為「綠屋」需要像他這種人，所以……』

她又上前來護住我了。麻耶或許是個好女孩……

『呵，妳這傢伙還真有趣，麻耶，妳迷上這小鬼了嗎？』

『啊？你在說什麼鬼話！才不是！我只是……』

不、不會吧？……

我和她一起逃跑時，雖然也曾經一度覺得她是個好女孩，不過我認為應該是麻耶使用『傳心術』捏造出來的『真翠紗耶加』讓我有這種想法……

『你也別搞錯了哦！』

麻耶稍微紅了臉，舉腳踢向仍舊震驚的我。

好痛！……可惡！這女人果然討人厭！

『搞錯的人是妳呀，麻耶。』百百路樹說。

從他眼中散發出的光芒愈來愈明亮，就連他的身體也被青白色的光包圍。

『我沒打算殺掉這傢伙。生島告訴我的是，如果這次計畫失敗的話，要我當著「類別零」的面殺人。』

『殺人？殺誰？』麻耶一邊往後退，一邊反問。

『這裡除了妳之外，還有其他人嗎？』

百百路樹的話還沒說完，麻耶的身體已經往後飛了出去。

『呀啊——！』

她大叫著，撞上河床邊的岩石。

『怎、怎麼……咳咳……』

麻耶劇烈地咳了起來，坐在地上，背後這重重的一撞讓她喘不過氣來。

她那副模樣，大概也使不出『傳心術』了吧？

『哎呀，怎麼了？怎麼不使出妳最拿手的「傳心術」來抵抗啊？』

麻耶的身體輕飄飄浮起，一邊轉圈，一邊像柏青哥的小鋼珠一樣，在地面、岩石表面和樹木間彈撞。

『救、救我……救命……』

慘了！這樣下去，麻耶真的會被殺掉！

話雖如此，我又能夠做什麼啊？啊啊！可惡！

我痛恨著自己的無能為力。

『類別零』到底是什麼東西?!

如果我真的有能力的話，誰來告訴我該怎麼用啊！

『喂，快點死一死啦妳！』

麻耶墜入了河裡，沒有浮上來了。

啊啊，我該怎麼辦才好？再這樣下去，她會溺死的！

我必須救她……

『喂！百百路樹！』

我好不容易發出聲音。

『幹嘛，「類別零」先生？』

『在我面前做這種事情，到底有什麼意義？如果你是要以此為威脅，要我跟你去「緣屋」……』

『你這傢伙只會出一張嘴嗎？』

『什麼？』

『看我的樣子也應該知道，任何道理對我來說都不管用吧？』

『……』

他的話是在問我，除了說大道理之外，我還能幹嘛。

『咳咳、咳咳……救、救我、翔……』

麻耶浮出水面看著我，她那張臉已經被撞得稀巴爛了。

『翔……救救我啊……』

『沒用的，這傢伙嚇得腿都軟了，根本什麼也不會。』

百百路樹冷冷地說完，將視線轉向麻耶的頭頂上方。

喀啵、嘎啦嘎啦……

我聽到在建築工地才會有的聲音。一個好幾噸重的巨大岩石，從麻耶正上方的懸崖被拉上空中。

『救我……翔……』

『去死吧！』

百百路樹只說了這一句話，巨岩就像被誰切斷了看不見的鋼索般，朝麻耶的身上落下。

啪嚓！

接著，我又聽到了古怪的聲音，麻耶的身影便消失在河裡。

『騙人……』

我的身體顫抖。

『這是騙人的吧……』

我的心也在顫抖。

為什麼我沒有上前去幫她？

我……

嚇得腳軟了，就像百百路樹說的……沒用的軟腳蝦……

我感覺自己的腦袋裡，有什麼東西炸開了。

那個東西化成星球爆炸時的耀眼光粒子，覆蓋我的腦中，以及四周的所有景色……

7. 覺醒

『呀啊——！』

她大叫著，撞上河床邊的岩石。

『怎、怎麼……咳咳……』

麻耶劇烈地咳了起來，坐在地上，背後這重重的一撞讓她喘不過氣來。

她那副模樣，大概也使不出『傳心術』了吧？

『哎呀，怎麼了？怎麼不使出妳最拿手的「傳心術」來抵抗啊？』

麻耶的身體輕飄飄浮起，一邊轉圈，一邊像柏青哥的小鋼珠一樣，在地面、岩石表面和樹木間彈撞。

『救、救我……救命……』

慘了！這樣下去，麻耶真的會被殺掉！

話雖如此，我又能夠做什麼啊？啊啊！可惡！

我痛恨著自己的無能為力。

『類別零』到底是什麼東西?!

如果我真的有能力的話，誰來告訴我該怎麼用啊！

『喂，快點死一死啦妳！』

麻耶墜入了河裡，沒有浮上來了。

啊啊，我該怎麼辦才好？再這樣下去，她會溺死的！

我必須救她……

『麻耶！』

我奔上前去，朝著河中麻耶沉下去的那一帶跳了進去。

在黑暗的河水中，我張開雙手，找尋她的身體。

『！……』

我的手碰到了某個柔軟的東西。

找到了！

我拚命地把她拉起來。

麻耶的臉浮出水面，靠著我。

『咳咳、咳咳……翔……我、我……』

『沒事，這裡交給我！』

我又說出沒憑沒據的話了，我這個人真的只會出一張嘴……

『咳咳……拜託你……狠狠教訓那傢伙……教訓百百路樹……』

我把麻耶拉到岸邊，她說完這句話，就昏了過去。

『呼、呼、呼……』

我喘著氣，瞪著百百路樹。

你未免太過分了！竟然對女孩子，而且還是自己的夥伴做出這種事！

『喂！百百路樹！』

我好不容易發出聲音。

『幹嘛，「類別零」先生？』

『在我面前做這種事情，到底有什麼意義？如果你是要以此為威脅，要我跟你去「緣屋」……』

『我可沒那麼想哦。』

『咦？』

『我只是按照指示行事罷了。生島交代，要我當著你的面殺個人試試看，所以

我只好殺那個女人了。』

『你的腦袋有問題嗎？你瘋了吧？』

『閃開，「類別零」，待在那傢伙附近，連你也會被我殺掉哦。』

百百路樹冷冷地說完，將視線轉向我們兩人的頭頂上方。我跟著一起抬頭看，只見凸出懸崖邊的巨大岩石，發出了吱嘎聲。

『不、不會吧！……』

他想讓那個岩石落在我們頭上？

喀啵、嘎啦嘎啦……

岩石像是被吊車吊起拉出一樣，從懸崖上飛到半空中。那顆大岩石看來有好幾噸重，掉下來一定會把我們壓爛的。

『住手！』

我拚命拖著麻耶，想躲開墜落的岩石。

『沒用的，想獲救的話，乾脆拋下那女人吧！不然就秀出你那被稱作「類別零」的力量吧！』

『你弄錯了！我根本不是超能力者啊！』

『哦？那就更沒必要留你了，一起去死吧！』

懸在半空中的大岩石晃了晃，接著像是被誰切斷了無形的鋼索般墜落。

完蛋了。死定了。

這下子我們要被壓成肉餅了……

就在我已經死心的瞬間……

咚！

巨大的岩石在頭頂上兩公尺處碎裂，就像被炸藥炸開似的。

這一瞬間，我還真的以為是炸藥炸開的，可是我們卻沒有遭到爆炸的衝擊，連一丁點岩石碎片都沒從我們頭上落下，彷彿有把看不見的傘正保護著我們。

『……嘖！』

百百路樹的雙手離開口袋，降落地面走近我。

『是你幹的嗎，「類別零」？』

不是。應該不是吧……

……不過，這該不會是……

『看來我好像趕上了，翔。』

是個熟悉的聲音。

對了……出手的是……

『……猛丸？』

抬頭一看，他從滿月之中現身。猛丸如鳥般輕柔地降落在地面。

『站得起來嗎？』

他來到我面前，伸出手。

『……嗯。』

我握住他的手站起身。

和我同為十四歲的猛丸，身材略偏矮小，但他渾身的自信透過雙手傳了過來。

飛鷹猛丸，念動力超能者，是我另一個重要的『夥伴』。

『剛剛弄爆岩石的，是你嗎？』

『是的。』

『好厲害！你的能力要比以前強上好幾倍，不，好幾百倍吧？』

『我不是寫信跟你說了嗎？自從你救了我之後，我的力量一天天變強了，連我自己都覺得恐怖呢。所以說……』

猛丸瞪向百百路樹。

『我才不會輸給那傢伙，看我馬上就能把他打成蜂窩！』

『哼。你就是那個叛逃的念動力超能者啊？看起來是有兩下子，不過終究還是「栽培種」，你真以為自己贏得了「野生種」的我嗎？』

百百路樹的眼睛開始發光，地面像地震來襲前嘎吱作響，聲音迴盪著。草木彷彿都騷動了起來，河床上無數的岩石互相碰撞，發出各種聲音。連我也能感覺出他驚人的精神波動。

『不試試看，怎麼會知道？』

猛丸說完，便開始與百百路樹對峙。他放鬆自在地站著。光是看到這一幕，我就明白他真的長大了很多。

他一直待在某個地方的特殊醫院，我只能和他透過寫信交談，所以我們已經一個月沒見了。

我覺得好高興。還有，他真可靠。

猛丸集中精神，四周傳來的地面的響聲，還有樹木、石頭發出的聲音瞬間隨之停止。

『……哦，你還不錯嘛，用自己的波動反擊我的精神波動互相抵銷，這可是高等技巧哦。真看不出你是「栽培種」。』百百路樹說。

他的臉上還帶著悠哉的神情。或許他根本還沒展現出他的實力。如果真的是這樣，這場對戰究竟會變成怎樣？

如果兩人都來真的，待在他們附近也很危險吧？

『建議你稍微站遠一點，翔。這附近可能會整個毀掉哦。』猛丸說。

『唔、嗯，好……』我說著，揹起麻耶。

『沒必要逃走，翔。』

又是另一個熟悉的聲音，也可以說是每天都會聽到的聲音。

『条威！你來啦！』

看到条威奔下河谷斜坡的身影，我的眼淚幾乎要奪眶而出了。

『我們來幫你了，翔！』

燈山姊也和他一起。

『翔哥！』

『嗨，你沒事吧？』

小龍和海人也來了！

『哇！』

我感覺到有什麼東西飛進腦袋裡，忍不住叫出聲。

『妳也來啦，綾乃！』

——當然要來啊！對不起，這麼晚才到，我去找猛丸了。——

『咦？是妳叫猛丸來的？』

『是啊，還嚇了我一大跳呢。』猛丸說。

——条威要我去的。他說，能夠救翔的，就只有猛丸了。——

這下子，全員到齊了。

『嘿，百百路樹是吧？怎樣？要動手嗎？和我們所有人打？』

海人說完，向前走去。

『免了吧。』百百路樹說。

說得也是，有這麼多超能力者當對手，等級再怎麼不同的怪物也很難打得贏吧……

『要我當場殺了你們全部，我也無所謂，不過這麼一來，就一點意義也沒有了。反正我的「工作」已經處理完畢，今天就先放過你們吧。』

說完這句話的下一秒，百百路樹的身影已經消失在黑暗之中了，只剩下一陣風吹過。

『瞬間移動？那混球不是「念動力超能者」嗎？』海人說。

条威抬望著天空，說：『剛剛的確是「念動力」，瞬間以時速幾百公里的極速移動，所以看來像消失了。』

『什麼……真的假的？』

『那傢伙不是耍嘴皮子，而是真的有自信同時和我們所有人對打。』

『……怎、怎麼會有這種傢伙？』

——他剛剛說了『工作已經處理完畢』。——綾乃說。

『他指的是什麼工作？』我問条威。

条威垂下眼睛搖搖頭，說：『我也不清楚。現在「門」還鎖著。不過，我想一定不會就此結束。』

『你的意思是，也許哪一天，同樣的事情會再度發生嗎，条威哥？』小龍不耐地說。

『……大概就在不久的將來吧。』条威輕輕點頭。

『哼！沒什麼好擔心的，下次再來的話，我就把他打得滿地找牙！』猛丸說。

大家看向他。

『謝謝你趕來，猛丸。』条威說完，伸出右手。

在『綠屋』時期就互相認識的兩個人，關係似乎不太好。按照綾乃的說法，猛丸對『野生種』而且被稱作天才的条威非常反感。

討厭条威的猛丸會聽条威的話過來，搞不好他們兩人能夠握手言和……

『哼！』

完全辜負我的期望，猛丸沒有握上条威的手，反而把頭轉向一邊。

『我先說清楚，我可不是因為你或綾乃叫我來，我才來的，我也沒打算和你們裝熟。』

『猛丸……幹嘛說那種話？大家都是超能力者，應該好好相處……』

我話還沒說完，猛丸就插嘴道：『翔，我是為你而來的！只為你一個！』

『咦？』

『因為你是我的朋友、是我在這世界上唯一能夠相信的人！』

『猛丸……』

猛丸的心意我很高興，雖然說那是因為他誤會我是超能力者，還使用超能力救了他的關係。

『……哎，其實我覺得，既然是翔的話，就算我不來，你也可以兩、三下輕鬆處理掉那種傢伙，不過，你啊，只在最糟的情況下才會使出超能力，所以我想搞不好還是有我出場的餘地。』

『你真的幫了大忙哦，謝謝你，猛丸。』

『嘿嘿……』

猛丸的話讓我心頭一揪。

這世界上唯一能夠相信的人。

這種話竟然不是對父母說，而是對我這種外人說，猛丸的孤獨讓人感到難過。

『喂喂喂！我說你啊——！』

海人大步走近猛丸，冷不防就對猛丸的腹部送上一拳。

『痛死了！你幹什麼啦?!活得不耐煩了嗎？』猛丸瞪著海人。

『你、你們兩個都住手……』

我原本想從中調停，卻被海人一把推開。

『喂，猛丸，我從以前就對你不爽了，現在還是看你不順眼！能不能相信和握不握手，沒有關係吧？不是嗎？』

『……』

『老是把想對你好的人趕走，這樣怎麼交得到真心的朋友？翔，你也這麼覺得吧？』

『不、那個，我覺得……該怎麼說……猛丸也是我朋友……』

『呿！你這左右搖擺不定的混蛋！像這種時候，就是要狠狠地說他一頓啊！』

『可是啊，猛丸……』

『什麼？』

『對我來說，不管是条威還是猛丸，都是我的朋友。』

『……』

猛丸露出些許困惑的表情，接著以相當恐怖的臉走近条威。

『哇！等等、猛丸……』

看到他那張臉，我連忙想阻止猛丸。

不過，其實沒有阻止的必要。

猛丸不發一語，臉上依舊一副恐怖的表情，對条威伸出右手。条威有些驚訝，卻也微笑用力握上他的手。

我鬆了口氣。

燈山姊在我額頭上一彈，說：『喂，國中生！你不回家沒關係嗎？』

『啊！慘了！……對了，猛丸，用你的「念動力」送我回家吧？好嗎？就那樣咻地……』我合掌拜託猛丸。

『你自己飛不就好了？』猛丸說。

『沒有啦，就是……我今天已經累壞了嘛……』

雖然是個爛藉口，我也找不到其他理由了。

『我回來了！』

我盡量有精神的提高聲音，打開家門。

在電話上，我已經感覺到老媽和老姊們相當生氣了。

雖然我已經累到骨髓裡去了，卻覺得如果沒有一鼓作氣好好交代，那就糟了，

所以我拚命裝出開朗的聲音和表情。

三個人的臉出現在大門後。她們三個人一起端正坐在玄關，等著我的歸來。

『……我、我回來了……』

我這次擺出老實乖巧的表情與聲音，又說了一次。

『回來個頭啦！』

老媽首先開砲。

『你以為現在幾點了？現在已經半夜一點了耶！哪有國中生這種時間還在外遊蕩的？』

那股磅礡浩大的氣勢，讓我嚇得跌坐在玄關門前的水泥地上。

『對、對不起……』

聲音也跟著愈來愈小。

『而且也不跟家裡聯絡！』

這回，換大姊發飆了。

『神近……警官還到家裡來了喲！我問他你是不是做了什麼壞事，幸好他說不是，讓我們鬆了口氣。他說放學後在校門遇見你，和你談了一下，是嗎？』

『嗯……是……』

『為什麼神近問你問題，你卻回答莫名其妙的答案，然後突然逃跑？而且還牽著和你在一起的女孩子的手？到底發生什麼事了，快點老實招來，不說就不讓你進家門！對吧，媽！』

我就知道事情會變成這樣。

從那個恐怖臉警官彈飛出去撞死開始，全部都是麻耶用『傳心術』讓我看到的幻象，所以站在神近哥的角度來看，就是『我說了些莫名其妙的話之後，突然逃走』。

『翔，我們不會生氣的，你老實說，到底跑哪去？做什麼了？』

老媽突然靜靜地說。這種時候，反而是真的發怒了。

『我還是認為應該就是「那個」，一定沒錯。』

二姊頻頻點頭，不過我完全搞不懂她說這句話是什麼意思。

看來我不在的這段時間，已經有很多揣測出現了，光想到就害怕。

可是，如果真的說出實情，我才會被送到精神病院去吧。

到底該怎麼解釋才好？

啊，有了，有件事得先問才行。

『我會回答妳們的問題，但鈴繪姊，可以先問一件事嗎？』

『你要問什麼？』

『我回來之前，神近哥來過了，對吧？』

『是啊，然後呢？』

『他有沒有提到關於警局裡發生的事件？』

『啊啊，那件事啊，他一直道歉，說都是因為他問些莫名其妙的問題，才會嚇到你，讓你不曉得跑到哪裡去了。他說想要當面和你道歉。』

『只說了這樣？』

『嗯。你說的事件，就是死在警局的少女那件事情吧？那件事好像是弄錯了，聽說那名少女已經回家了。』

『這、這樣啊……』

『可是他一直堅持自己真的親眼看到少女自爆，結果上司叫他去看醫生。你不覺得很過分？哪有這樣的！』

『這樣啊……』

我鬆了口氣。雖然知道少女死掉也是麻耶以『傳心術』搞的鬼，但如果對方是真實存在的國中生，她的下場就不免讓人擔心了。

『……那、那女孩的情況如何？』

『聽說好像失去記憶了……喂，給我等一下，你為什麼對這件事這麼感興趣？這不是和你沒關係嗎？』

『是呀、是呀！』

『更重要的是，在回家前這段時間裡，你到底做了些什麼事，還不老實招供！不過，我已經大概猜到了。看你滿身泥沙、破破爛爛的模樣，到底是在哪裡「做」咧？公園？還是農家的廢屋？那種地方在這附近還不少呢。對吧？我猜中了吧？』

二姊華繪也加入戰局。

啊——？『做』什麼東西？要亂猜也要有個限度吧！

如果我說『猜對了』，真不知道之後會遭受怎麼樣的對待。但如果我說『猜錯了』，又該準備什麼其他理由來回答呢？

啊啊，頭好痛！

來人啊，救命啊！

条威，你應該知道吧？應該知道這種時候怎麼回答最好……

我希望你教教我啊……

『你這孩子真是的！』

老媽說完，嘆了口氣。

『好不容易老爸要回來了，你竟然這麼亂來！』

老媽的臉上是憤怒的神色，但聲音裡卻是藏不住的喜悅。

『真、真的嗎？老爸結束派駐外地的工作，要回來了？太好了！太好了！』

我雀躍地脫掉鞋子，蹦蹦跳跳地跑上玄關。

『啊！喂！我們還沒罵完耶！』

『翔！快點招來！』

老姊們之後說了什麼，我都不管了，只是一個勁兒地到處亂跳。一半是真心高興，另一半就是想乘機模糊焦點，不去交代今晚發生的事情。

条威和燈山把天宮將、春日麻耶，以及曉塔夜三人引渡給『危管隊』的成員之後，便與猛丸等四人道別，往桔梗之丘國中的校務員室走去。

燈山有事情要問条威，所以硬是把他找來。

時間已經過了深夜一點，再加上連續七個小時不斷在山中奔跑穿梭，燈山的疲勞已經到了極限，可是，如果不向条威問清楚『真相』，她似乎會睡不著。

狹窄的校務員室裡，条威老老實實的坐在矮桌前，燈山遞了杯咖啡給他，慢慢開口。

『現在你真的要告訴我了，条威，你之前的確說過——再這樣下去，會出人命，這已經是避免不了的「未來」了——可是，你的說法有問題吧？如果是「避免不了的未來」，為什麼會說「再這樣下去」呢？你說過未來改變不了，也就是無論怎麼做都無法改變，沒錯吧？既然如此，為什麼當時會那樣說？』

『我不小心說錯了——這理由妳應該不會接受吧？』条威說。

他似乎很苦惱，咖啡連碰也沒碰。

『廢話！你不說的話，我不會讓你回去的。相反的，如果你告訴我，我對天發誓，絕對不會告訴其他人，我保證。』

『……我明白了。』

条威嘆了口氣。

『會有人死，這點絕對沒錯，我的預知能力感覺到事態將發展成最糟糕的情況，可是，還沒辦法具體看到事情發生的「影像」。所以我想，搞不好還來得及避免，於是叫綾乃去找猛丸過來。可是，當那個名叫曉塔夜的超能力者現身在我面前時，正好讓我漸漸看到具體的「影像」，也就是春日麻耶的「死亡」。』

『麻耶？就是那個日本娃娃頭的女生？她不是活得好好的？根本是你預言失誤吧……』

『不，絕對不可能失誤。』

『可是事實上……』

『春日麻耶當時已經被巨大的岩石壓死，毫無疑問的，她應該已經死過一次，這就是「避免不了的未來」。』

『你、你這話是什麼意思？……』

『由時光回溯的觀點來說，未來沒辦法改變，既然這樣，某人只好讓曾經面臨最糟結果的未來「重新來過」……只有這麼解釋了。』

『就像打電動時「再玩一次」那樣嗎？……』

燈山感覺到背後竄起一陣寒意。

『那個「某人」，難道是……』

『就是……「類別零」……馳翔。翔是「時間回轉能力者」——也就是說，他是能讓時間倒轉的超能力者。』

『怎、怎麼可能?!那個優哉游哉的翔……怎麼會這樣……』

『翔過去八成也用過好幾次自己的超能力——事情一發展到最糟的狀況，他就會在無意識間反省，不斷反覆重來。所以一直以來，幫了他的「奇蹟」並不是「念動力」造成的，而是不折不扣的「萬分之一的偶然」。他所具備的能力就是能夠反覆回轉時間，等待偶然發生。』

『只要反覆一萬次，萬分之一的奇蹟一定會發生……是這個原理嗎？』

『是的。希望出現「1」，就不斷甩骰子，直到「1」出現，翔的能力就是這樣。這是相當可怕的能力，那力量能夠造成的影響，我的預知能力根本沒得比。』

『……太誇張了，怎麼會有這種事……可是，如果你說的是真的，那傢伙……』

『我想，或許遇上我們這些超能力者，就是引出他能力的契機吧。而且翔——我是說，「類別零」帶來的影響，會波及所有與他有關的超能力者。』

『所以你的能力飛快進步？』

『我認為是的。我自己已經能夠隱約看到過去絕對看不到的「不可知的未來」，這種感覺恐怖得不得了……』

条威痛苦地皺起眉頭，硬是把還很燙的咖啡送進嘴裡。

看著条威，燈山突然靈光乍現，提出了一個奇妙的想法。

『条威……你聽說過「猴子洗芋頭會傳染」嗎？』

『……嗯。就是某座島上的猴子會先洗過芋頭再吃，結果其他不相干的島上的猴子，也開始跟著這麼做——是這個故事嗎？』

『真是的，你怎麼會什麼都知道嘛，明明只是個國中生……不過我想你應該不可能知道甘油的小故事吧？』

『甘油？就是那個黏稠的液體嗎？』

『對。甘油在攝氏十七度以下輕易就能夠結晶。可是，從前是做不出這液體的結晶的，當時的學者們全都非常頭痛。』

『這樣啊。』条威興趣缺缺地回答。

『然而，就在距今約一百年前的某天，在某個貨物船酒桶裡發現了未經人工處理的甘油結晶。化學家們輕輕分離出那結晶，以該結晶為「凝結核」，成功讓甘油結晶化。』

『也有這種事啊。』

『是啊。總之，到此為止我都能夠接受。問題在接下來。最初，學者從酒桶中取出甘油結晶進行實驗時，實驗室裡的甘油無須任何動作，便全部在攝氏十七度時結晶了，連密閉容器中的甘油也不例外。你不覺得很神奇嗎？雖然說現在甘油在攝氏十七度以下就能輕易結晶。』

『……燈山姊，妳想說的是，翔就是那「最初的結晶」，是嗎？』

条威說，還帶著一臉不屑。他很少這個樣子。

為什麼只要一扯到翔，条威偶爾就會露出不同於平常的表情？

燈山對於他們兩人的關係湧上新的好奇。

『我沒打算那麼說，不過如果那傢伙真如你所說，是「時間回轉能力者」的話，絕不能讓那傢伙知道這點，明白嗎，条威？』

『嗯，當然，這是為了翔……也是為了我自己……』

絕對不會說出心裡所有想法的条威，他真正的用意到底是什麼，燈山只能明白

一半。

而剩下的另一半呢？

答案，或許就藏在翔與条威不為人知的過去中。

總有一天我就要知道，好想好想知道。燈山心想，同時心裡某個角落又害怕著答案公佈的那一刻到來。

因為她感覺——

搞不好那正是這兩位少年訣別的時刻。

後語

百百路樹完成『工作』回到『綠屋』後不久，『綠屋』便確定關閉。

為了預防附近遭警視廳所屬的特殊組織『危管隊』的主力部隊突襲，因此生島荒太提出這個建議。

會造成這種情況，全是所長唐木右道的失職。

生島在未知領域委員會——也就是『化裝舞會』的委員們面前，主張一切責任都怪唐木為了取得超能力潛能者，而採取強迫手段所造成。

所謂的強迫手段，就是在条威他們所在的城鎮裡設置『補習班』，好搜尋超能力潛能者。

唐木基於某些理由，認為那地方能夠找到許多具有超能力的潛能者，而從全國各地其他同樣的『補習班』把『農夫』調度過來，集中戰力，結果才一個月就找到七名潛能者，硬是把他們帶到『綠屋』來。

兩個禮拜就有七個人失蹤，性急的結果讓警方盯上『綠屋』，引來『危管隊』

的強制搜查——這些是生島的說法。

最後，『補習班』被迫關閉，七名潛能者中，有六名被清除記憶、送返家裡。現在連地下社團『FARM』的最大實驗室『綠屋』都面臨撤離。

要生島來說的話，他當然知道這一切其實是他設計好的『計畫』。

唐木也認為生島難搞，因此兩人一直處於冷戰狀態，既然如此，設陷阱先下手為強，贏了也不算卑鄙吧。

從過去的業績來看，唐木應該不至於被逐出『FARM』，不過降職恐怕免不了。

生島嘲笑著唐木的自作自受，同時也擔心他有一天會回來報復。

（快點進行下一步吧。第一步已經完美達成，接下來的計畫，也差不多在我腦中成形了……）

生島思考著，在空盪盪的水泥巨大箱子中依依不捨的漫步。這時，長廊的另一頭，有個人影雙手插在口袋站在那裡。

人影隨風而來，瞬間移動至生島面前。

看來像是瞬移力，事實上，這是他使出卓越的念動力彈跳所做出來的效果。

『生島，好久沒有像這樣只有我們兩人談話了。』

『百百路樹，你又不搭直升機了嗎？』

『我才不搭什麼直升機咧，自己飛就行了。』

『我話先說在前頭，勸你最好別打算逃走，否則我就按下遙控器，讓你腦子裡的「微型晶片」瞬間破壞你的腦髓……』

『知道啦，即使沒那東西在，我也準備配合你今後的打算，別擔心。』

『聽到你這麼說，我就放心了。』

『那件事你說對了。雖然我不清楚到底是怎麼回事，結果我還是失敗了。』

『知道原本的計畫失敗之後，你遵照我說的，在馳翔面前殺掉某人，也確實打算執行。』

『那是因為我和你打賭，如果成功，你就把我腦袋裡的晶片摘除；我失敗的話，今後都要配合你的計畫。』

『你說過絕對不可能失敗，當然啦，這裡的這些電腦也估算出以你的能力，會失敗的機率不到一億分之一。不過無論如何，你還是沒殺掉麻耶。知道原因嗎？』

『不就是「類別零」的力量嗎？』

『沒錯，我知道這是怎麼發生的。』

『你說說看。』

『你原本已經成功了，只不過「歷史」重演，然後被抹去，就像錄壞的錄影帶一樣。』

『……什麼意思？』

『我沒辦法簡單說清楚，改天再告訴你吧……等下個計畫啟動時再說也不遲。』

『哼，無所謂。我就慢慢等吧。』

『我先告訴你，你最好記住，你這次的做法，下次可行不通了。』

『為什麼？因為有「類別零」在？還是因為有条威？難不成是那個叫猛丸還是什麼的「念動力超能者」？呵呵呵。』

『我不是說了嗎？有消息指出，或許將有更恐怖的男人參戰了。』

『恐怖的男人？』

『是的。』

生島背對著百百路樹，『他的名字是馳龍馬，「類別零」……馳翔的父親。』

〈下集待續〉

2009年1月　最後決戰！

閃靈特攻隊 3

青樹佑夜—著　綾峰欄人—圖

毀天滅的超能力最終戰
眼看就要開打……
能扭轉一切的究竟是誰？
神，即將降臨！

翔的父親馳龍馬回來了！
沒想到，翔卻在和父親一起去泡湯的路上，
遭遇了超能力者的攻擊！
什麼？翔的父親也是超能力者，
而且還是超強等級？
另外，翔的神祕能力終於揭曉了，
原來翔就是『類別零』！
只是，為什麼身邊的夥伴都不准他
使用自己的能力呢？
眼看敵人一個接著一個來襲，
夥伴們也一個個倒下，但翔卻無能為力……

YOUNG AGE小說鮮視界！

青春滿點！活力滿載！好看滿分！

一個人住的新生活終於開始了！
可是，新鄰居們竟然是——妖怪?!

首刷隨書限量附贈：《妖怪公寓》卡片貼！

妖怪公寓①

香月日輪—著　佐藤三千彥—圖

日本亞馬遜網路書店讀者★★★★高度好評！

考上高中的夕士，很高興自己終於能擺脫三年來的寄居生活，一個人搬到學校的宿舍去住。沒想到就在開學前夕，宿舍卻被一把大火燒毀了！大受打擊的夕士來到了一家奇怪的房屋仲介公司『前田不動產』，留著山羊鬍的老闆立刻推薦給他一棟公寓——『壽莊』，不但房租便宜又附伙食，實在太優了！可是裡面的『居民』很特別——它們不是人，而是貨真價實的妖怪！……

邁向偉大魔書使之路，
就這樣莫名其妙地展開了?!

首刷隨書限量附贈：
《妖怪公寓》2009年吉祥年曆卡！

妖怪公寓②

香月日輪—著　佐藤三千彥—圖

夕士的靈力潛能徹底發威！

夕士在學校宿舍住了半年後，決定搬回妖怪公寓！還好，這裡的一切都是老樣子：詩人和畫家依然是吊兒啷噹的『不良二人組』，琉璃子還是一害羞就會『扭手指』，而身材爆優的美女幽靈麻里子一樣喜歡脫光光閒晃！就在夕士搬回來的第二天，另一個房客『舊書商』也旅行回來了，他的行李箱裡裝了數不清的稀有古書，其中有一本書特別奇怪，只看見二十二張塔羅牌圖片，卻沒有任何文字，似乎是被『封印』了……

國家圖書館出版品預行編目資料

閃靈特攻隊/青樹佑夜作;綾峰欄人圖;黃薇嬪譯.
-- 初版. -- 臺北市：皇冠, 2008.07- 冊；公分.
-- (皇冠叢書;第3750種--；YA！002-)
譯自：サイコバスターズ1-
ISBN 978-957-33-2429-4 (第1冊；平裝--)
ISBN 978-957-33-2471-3 (第2冊：平裝)

861.57 97009404

皇冠叢書第3785種
YA！008

閃靈特攻隊②

サイコバスターズ 2

作　　者—青樹佑夜
插　　畫—綾峰欄人
譯　　者—黃薇嬪
發 行 人—平雲
出版發行—皇冠文化出版有限公司
台北市敦化北路120巷50號
電話◎02-27168888
郵撥帳號◎15261516號
皇冠出版社(香港)有限公司
香港灣仔駱克道93-107號利臨大廈1樓
電話◎2529-1778　傳真◎2527-0904
出版統籌—盧春旭
責任編輯—施怡年
版權負責—莊靜君
外文編輯—蔡君平
美術設計—許惠芳
行銷企劃—何曉真
印　　務—林莉莉
校　　對—陳秀雲・劉素芬・施怡年
著作完成日期—2004年
初版一刷日期—2008年9月

法律顧問—王惠光律師

讀者服務傳真專線◎02-27150507
電腦編號◎515008
ISBN◎978-957-33-2471-3
Printed in Taiwan
本書定價◎新台幣180元/港幣60元